LES SOUVENIRS OUBLIÉS
NE SONT JAMAIS PERDUS

CAROLINE VALENTINY

LES SOUVENIRS OUBLIÉS NE SONT JAMAIS PERDUS

roman

ALBIN MICHEL

À Camille et à Elsa-Line
Et aux fées qui veillent sur nos enfances

« Que nul hiver ne désespère. »

Gilles Baudry

Hippocampe :
1. Animal mythique moitié cheval, moitié poisson.
2. Petit poisson de mer qui nage en position verticale et dont la tête rabattue contre la gorge rappelle celle d'un cheval.
3. Cinquième circonvolution temporale du cerveau humain impliquée dans les processus mémoriels.

Prologue

Chaque fois que les vagues viennent fouetter les rochers, des myriades de gouttelettes scintillent dans le soleil couchant. Tout en haut du phare, derrière d'immenses vitres, un homme observe la mer. Il tire sur sa cigarette et sirote un café, hypnotisé par le ressac. L'étendue sombre l'appelle comme un aimant tendre et sauvage. Le cœur soulevé par l'écume, il s'abandonne à la marée montante, au souffle du vent gonflé de sel et d'embruns. Il a beaucoup marché. Quelques mois plus tôt il a posé là son bagage, un vieux sac à dos rempli de deux tee-shirts, un pantalon, une brosse à dents, des journaux froissés. Il n'est jamais reparti.

Il écrase le mégot et jette un dernier coup d'œil en direction du large avant de redescendre vers une petite habitation plantée sur la falaise, la maison du gardien. Il a veillé tout le jour, scrutant les voiliers, les promeneurs solitaires qui arpentent le littoral, s'assurant que les bateaux restent à bonne distance des côtes. Il ne quitte quasiment jamais son poste. Ce n'est pourtant pas à lui d'allumer la flamme ni de la protéger des bourrasques. L'automatisation a depuis longtemps remplacé les lampes à pétrole et lorsque vient le soir, les coupoles des phares s'éclairent spontanément le long des côtes. Malgré tout il demeure aux aguets. Il veille sur les marins, sur les grands naufragés, sur les goélands. Il accueille les voyageurs qui viennent découvrir le monde d'avant, il leur raconte le rythme du quart, le rituel du feu, la relève hebdomadaire en canot. Il n'est pas d'ici ; il relate simplement l'histoire qu'on lui a confiée. Adossé au bleu de l'océan il contemple les couleurs changeantes avec l'heure du jour. Il repense à la vieille dame, à ses regards désemparés, à sa maison déserte au bord des vignes. S'il est ici, au fond, c'est grâce à elle. Quand le soleil se couche et darde les rochers de granit rose, c'est tout le paysage qui se charge de lumière. Et là, face à l'infini, entre les bras de cette mer si vaste, enfin il respire.

1

Juliette est seule à la fenêtre. Elle contemple les champs à perte de vue, arrange les fleurs du bout des doigts. Elle tente de se rappeler quelque chose. Qui sont-ils, ceux qu'elle attend ? Ceux qu'elle croit attendre ? Elle cherche, fouille, la réponse obstruée par un brouillard compact. Le vide prend toute la place, une tache d'huile qui s'étend, collante et visqueuse. Une tasse de café posée sur la petite table à ses pieds la laisse perplexe. Elle ne sait plus si cette tasse est là pour elle. Elle hésite, trempe les lèvres. Il est froid.

Un prénom lui revient. Lise. Ah ! Lise, sa fille. Vient-elle aujourd'hui ? Elle jette un œil au calendrier suspendu au mur du salon. Dernière date cochée : 15 mars. Juliette compare avec la date du journal. C'est bien la même. Elle vérifie encore, de plus près, en plissant les yeux. Une note attire son attention, indiquée au crayon sur la case de l'éphéméride : Lise et François. François, son gendre ? Elle ne l'aime pas beaucoup celui-là. Est-ce son anniversaire ? Viennent-ils seuls ? Avec des enfants ? Ont-ils des enfants ?

Ses yeux s'égarent à travers la fenêtre. Il n'y a pas de lumière aujourd'hui, juste de lourds nuages. Comment s'appelle cette saison déjà ? Elle l'a lu à l'instant sur le calendrier, mais le mot s'est effacé avec la succession des semaines, l'organisation des jours. Est-ce un ciel plombé de novembre ou la menace d'un orage d'été ? Est-ce la fraîcheur annonçant l'hiver ou celle qui clôt les giboulées ? Juliette scrute le ciel, attendant des nuées qu'elles lui donnent une réponse, mais le gris sablonneux reste muet, sans odeur.

La sonnerie du téléphone la fait sursauter. Qui peut bien l'appeler à cette heure ? Qui peut bien l'appeler tout court, d'ailleurs ? Elle se tait, aux aguets, le combiné contre l'oreille.

– Maman ?

Ça y est, on veut encore lui coller des responsabilités sur le dos.

– Qui est à l'appareil ?

– C'est moi, c'est Lise. On arrive, d'accord ? On a pris un peu de retard…

Juliette se concentre sur la voix qui se permet de l'appeler « Maman ». Quelle impertinence. Est-ce un temps d'hiver ou un ciel de juillet ? Où est passée sa mère ?

Sa tête pivote lentement vers la fenêtre, fixe le sentier au-delà du jardin. Les sillons du labour, rectilignes, l'emmènent là-bas, vers la ferme Meyer, vers le secret qui murmure au bout des champs. Vide depuis des années et environnée de vignes alignées comme des soldats, ses murs décrépis forment une masse imposante à l'horizon. Une ombre danse, un souvenir indéfinissable.

Elle se secoue, enfile des bottes, un imperméable, passe un foulard autour de sa tête. Elle a envie de prendre l'air sous le grand ciel d'automne. Un ciel de fin d'été plutôt, mais oui, évidemment. Sortie par l'arrière de la maison, elle traverse la pelouse mal tondue jusqu'à une petite barrière attachée par un fil de fer au piquet de la clôture. La voilà sur le chemin qui longe les prairies. Le soleil tente une percée à travers les nuages tandis qu'une perle de pluie s'écrase sur son front. Elle rit de cette fraîcheur soudaine. Elle presse un peu le pas, espère un arc-en-ciel. La deuxième goutte la fait glousser de nouveau et elle cligne des yeux au vert dansant dans l'ombre des feuillages.

L'averse se fait plus dense. Juliette ferme le col de son imper. Ses bottes sont trop serrées. Ses cheveux, blonds, blancs, collent à son front, se décrochent. Les pensées, pareil. La pluie lui trempe le visage, le cou, dégouline dans ses yeux. Le tonnerre gronde à ses oreilles, sans égard pour l'horizon verdoyant et désert. Elle observe le lointain mais le paysage semble s'être déplacé. Quelque chose lui pose un problème, une énigme derrière l'orage et le sentier, liée aux contours de l'imposante bâtisse face à elle et aux cheveux qui se détachent. Une évidence fulgurante cachée derrière les nuages, claire comme un ciel d'été, inaccessible.

Juliette accélère le pas. Le paysage paraît soudain différent sous le déluge. A-t-elle bien tourné à droite à l'abreuvoir ? Les champs, dans cette lumière éteinte, ne lui sont plus si familiers. Lui a-t-on joué un mauvais tour ?

Une silhouette s'avance droit devant elle. Un homme, grand, qui marche d'un pas lent et fatigué. Il porte un vieil anorak dont la capuche rabattue masque en partie son visage. Elle pourrait lui demander son chemin, l'apostrophe d'une voix mal assurée tandis qu'il arrive à sa hauteur. Il la dévisage. Elle sent ses joues s'empourprer.

– Excusez-moi, je crois que je me suis perdue.

– Ah, moi aussi, réplique-t-il.

Elle remarque à la dérobée qu'il a le même nez que son père.

Le feuillage détrempé scintille sur la campagne basse. Elle voudrait s'asseoir. Ces lumières intermittentes la font vaciller. Il y avait un banc ici, pourquoi donc l'ont-ils enlevé ?

– Où allez-vous ? demande l'homme en gardant ses distances.

Il reprend sa marche, la dépasse. Ses chaussures ne sont pas en bon état et les coutures de son anorak ont craqué à différents endroits. Ce n'est peut-être pas une bonne idée de demander son chemin à un homme aussi négligé. Elle le rattrape.

– J'habite une maison avec un jardin qui donne sur les champs. Il y a des pensées aux fenêtres. Et des volets mauves.

Une jolie chaumière au bord de la route, avec vue sur les cultures.

L'adresse exacte lui échappe. Décidément.

L'homme semble réfléchir. Enfin il hoche la tête, marmonne deux ou trois mots pour lui-même, lève le bras vers la ligne d'arbres, dans l'autre direction. Elle décide de lui emboîter le pas. Ils parcourent quelques dizaines de mètres par le chemin cahoteux, longent le champ de betteraves, laissant les vignes dans leur dos. Où diable est sa maison ? L'homme regarde ses pieds, pas du genre bavard. Elle s'en trouve soulagée ; ces temps-ci, elle a du mal à faire la conversation.

Ils débouchent sur une route asphaltée et subitement, au-delà du virage, elle pousse un soupir de soulagement et presse l'allure. Elle a bien cru perdre la tête avec toute cette pluie, mais non, la voilà devant chez elle. Les volets pervenche, les fenêtres garnies de pensées, ses pensées, choisies avec soin, perlées de pluie. C'est bien là. Comment a-t-elle failli se perdre dans cette campagne qu'elle connaît comme sa poche ?

Comment cet homme le savait-il ?

Il y a des gens sur le seuil. Ils s'avancent vers elle. Voici Lise, sa fille, bien sûr, et François, suivis d'un petit garçon. Juliette les embrasse, effleure une boucle brune puis se retourne, saisie par la sensation fugace d'une présence. Quelqu'un était juste là, elle en jurerait. Mais au-delà du virage, le sentier qui mène aux champs est désert. Elle houspille ses visiteurs, les presse à l'intérieur, à l'abri de la pluie. Une inquiétude dans les yeux de sa fille la cueille dans le corridor de la maison.

D'un pas décidé, elle va étendre son imperméable sur le radiateur et chercher une serviette. Dans son dos, la voix de François, étouffée, chuchote à l'oreille de sa femme. Cheveux mouillés, bottes crottées, de quoi a-t-elle l'air ? Voilà qu'ils envahissent son salon. Elle aurait mieux à faire, s'occuper de ses fleurs et de ses poules. Enfin, puisqu'ils sont là. Qu'a-t-elle donc à leur offrir ? Un reste de café froid ?

– Mémé, t'as du choco ?

Juliette sursaute. De grands yeux bruns la fixent. Ce petit est maigre comme un clou.

– Hugo, laisse Mémé tranquille.

Il ouvre une armoire, trouve du pain, se saisit d'un couteau. Il a l'air de bien connaître les lieux. C'est peut-être une bonne idée, finalement, cette visite. Elle a envie de prendre le gamin dans ses bras. Assis sur le plan de travail, les jambes ballant dans le vide, Hugo l'observe en mordillant sa tartine. Comme il a l'air sérieux, avec son regard sombre. Elle lui fait un clin d'œil. Il se met à rire en découvrant des dents noires de chocolat.

Le rire s'achève dans une quinte de toux. Juliette

entend le râle dans sa gorge, il siffle, cherche à reprendre son souffle. Comment s'appelle déjà cette maladie ? Son regard s'attarde sur sa fille, si proche, elle pourrait la respirer.

– Je te fais un café, ma chérie ?

Lise la dévisage, interloquée.

– Je ne bois jamais de café, Maman, ça fait longtemps… Tu te rappelles ?

Juliette, ces derniers temps, redoute les phrases qui terminent par « tu te rappelles ». Elle baisse la tête, bat des cils avant que les larmes ne débordent de ses paupières. Non, ça ne lui dit rien. Que devrait-elle savoir ?

– Moi j'aime le café, Mémé.

Hugo, son petit-fils, son petit-fils chéri.

– Tu aimes le café toi, à ton âge ? En voilà une bonne nouvelle ! On devrait te laisser ici, avec moi, de temps en temps. Je t'en apprendrais des choses.

L'enfant se met à sautiller en lançant vers sa mère un regard implorant.

– Oui ! Mémé ! Mémé !

Un souvenir empoigne le cœur de Juliette. Une image tendre, un tout-petit lové contre son sein.

– Je te gardais souvent avant, tu le sais ?

Lise ébouriffe les cheveux du gamin pendant qu'il entoure de son bras la nuque de sa grand-mère. Ma parole, il lui arrive presque au niveau des épaules. Quel âge ? Huit ans ? C'est vrai, il pourrait lui tenir compagnie, ça la changerait…

Mais déjà Lise enfile son manteau, boutonne celui d'Hugo. Un petit bonjour en coup de vent, comme d'habitude. Elle a plutôt l'impression qu'on la surveille.

– Vous partez déjà ?

Pour toute réponse, Lise lui plaque une bise sur la joue tandis que François, d'une main, déverrouille la portière de la voiture sans cesser, de l'autre, de scroller l'écran de son portable.

– On a une tonne de choses à régler aujourd'hui. Et toi ? Qu'est-ce que tu vas faire ?

Que va-t-elle faire ? Que fait-elle, ces jours-ci ? Comment s'y prennent les gens qui n'ont plus rien à faire ?

Ils s'en vont en laissant derrière eux des senteurs enfantines, un reste de parfum musqué, des éclaboussures de pluie. Juliette se dirige vers la fenêtre, leur fait signe. François enlace la taille de Lise. Hugo se retourne, se tortille, tire sur la manche de sa mère. Elle le fait monter à l'arrière de l'auto et ils démarrent.

Le silence envahit la pièce, le silence dans les murs, le silence dans la tête. Elle prend le temps de nettoyer ses bottes puis se rassied, s'empare de son ouvrage et se met à tricoter. Une maille à l'endroit, une maille à l'envers. Bientôt il n'y a plus que le cliquetis des aiguilles, le défilé de la laine qui rampe sur sa peau. C'est un mouvement sans pensée, sans failles, les mains connaissent le trajet.

Des gestes répétés tant de fois, devant la télévision, en causant avec ses amies, en gardant un œil sur le feu, en surveillant les devoirs de sa fille. Elle plonge dans un temps infini, immuable. Les aiguilles poursuivent leur trajectoire automatique. Juliette cesse d'avoir peur que les mots ne reviennent plus. Une maille à l'endroit, une maille à l'envers, point mousse, point de riz, point de blé. La pensée file un mauvais coton mais le chemin précis de la laine tient le cap, ne se décroche pas, ne s'effiloche pas, ce n'est pas comme le reste.

Cela dure et cela dure, des heures, la lumière décline à travers la porte-fenêtre de la véranda. Elle regarde le jardin, les brisures du soir, le chatoiement des fleurs dans le crépuscule. Alors doucement quelque chose s'approche : la rumeur de sa vie se met à chuchoter autour d'elle, un murmure de souvenirs qui monte dans l'avant-nuit. Des jours anciens affleurent, se pressent dans les gestes sans fin, dans le feu des aiguilles. Des formes apparaissent dans les trous du tricot, des jours révolus, délaissés. Surgissent en elle des chants, des éclats de voix, des odeurs. Elle les laisse venir, elle se laisse prendre. Le soleil sur les champs à perte d'horizon. Les grands platanes ombreux dans la cour de l'école. Le pain perdu que cuisait sa mère. Le labeur de toute la famille pour faire tourner l'exploitation. Les grappes compactes aux reflets noirs bleutés, semblables à des pommes de pin, les grains gorgés de sucre à la robe délicate. Son corps jeune, plein de vie. Sa peau ferme et soyeuse, les cheveux noués en une épaisse natte blonde. Le dos rompu par les vendanges, les cuticules rougies par un cépage capricieux. Et l'attente, tout le jour, d'un certain regard posé sur elle, d'une caresse singulière sur sa joue. Le frisson quand le soir tombe, la voix qui vient doucement réveiller le lieu inconnu et vivant au fond de ses entrailles. Le hurlement des mouettes, un plein été, dans le ciel de Bretagne. Les vagues mousseuses qui vont et viennent, leur lèchent les pieds, se retirent. L'amour qui avait grimpé en elle comme le mercure d'un thermomètre devenu fou.

La nuit est tombée entre les mailles, Juliette s'est endormie entourée des cris des oiseaux blancs. Elle se réveille le corps endolori, affaissée dans le fauteuil à bascule. La douceur du rêve se dissipe, les images ont disparu. Elle voudrait les ramener, encore, encore, mais elle a beau creuser, il n'y a plus rien. Elle était quelque part, dans un souvenir lointain, c'était bon, ces rires, ces effluves de sel, mais ils se sont retirés avec l'arrêt des aiguilles et l'absorption de la boule orangée à l'horizon.

Tout cela qui disparaît, avalé par les lignes de fuite. Il ne faudra pas beaucoup plus longtemps, elle le pressent, pour que toute la bobine se délite. La trame de sa vie va filer, il restera la petite enfance, la langue des origines, le babillage, la voix maternelle, puis plus rien.

Elle se lève, déplie ses os, range son ouvrage et monte se coucher.

*

L'homme a le regard vide, les commissures des lèvres salies, les cheveux collés d'avoir transpiré. Son corps l'a déposé là comme chaque matin et il a suivi. Il se tient debout face au volet métallique entre les arbres trop taillés, les voitures mal garées et la fin du silence. Avec les années, il a perdu les repères de la vie ordinaire. La vacance de l'esprit compensée par le poids de sa chair, les yeux accrochés au pavé, il attend que la grille se soulève. Une cigarette jaunit le bout de ses doigts. Il égrène mentalement les minutes qui le séparent du lever de rideau matinal. Chaque jour c'est le même rituel. Chaque matin la même agonie patiente. Il enfonce une main dans sa poche pour toucher encore les quelques piécettes assoupies contre le tissu de son pantalon. Sept heures moins cinq. Plus que cinq minutes. Trois cents secondes. Il aperçoit des ombres qui s'affairent à l'intérieur. On déplace des chaises, on nettoie le comptoir. Avant l'heure, c'est pas l'heure. Plus que quatre minutes.

Il voudrait s'asseoir. Il a mal aux jambes. Toute la nuit il a arpenté la ville endormie. Il a un peu parlé aux chats errants des ruelles. Il a traversé des jardins à la recherche d'odeurs familières. Il s'est assis sur un banc et a fermé les yeux quelques secondes, puis s'est repris. Un rire fatigué a crevé le silence. Le carillon d'un clocher l'a saisi. Debout. Pas question d'aller frapper à la porte d'un foyer. Pas ce soir, pas tous les jours, si cela devient une habitude il n'en sortira plus. Il sillonne les quartiers périphériques. Il marche. Il martèle l'asphalte d'un pas rapide. Il tient tête à l'engrenage.

Sept heures moins trois. Trois minutes. Cent quatre-vingts secondes. À deux pas de lui, sur le trottoir désert, deux pigeons se disputent un quignon de pain. Pour eux aussi, c'est la guerre urbaine.

Si seulement il pouvait se refaire. Il suffirait de tellement peu pour qu'il puisse se reprendre. Quelques coups de chance, quelques échelons à gravir pour redevenir un homme. Mais d'abord le café. Absolument s'en tenir au café matinal. Attendre que le volet se soulève, aller jusqu'au comptoir, sortir les pièces de sa poche. Bien onctueux, s'il vous plaît, mademoiselle. S'emparer d'un journal abandonné sur une table. Ressusciter l'homme d'affaires, le père, le mari. Siroter à gorgées minuscules. Éplucher le journal jusqu'à la dernière ligne, le tenir bien ouvert, les jambes croisées, faire claquer les pages. Laisser la chaleur du bistrot Matin Nova lui rendre sa substance. Se sentir homme à nouveau.

Sept heures. Le volet roulant s'ouvre en grinçant. Il détache les yeux du sol, pousse la porte, se dirige à l'intérieur. Le regard pétillant de la jeune femme derrière le comptoir s'adresse à lui dans un large sourire.

– Cappuccino, comme d'habitude ?

Il bafouille, les lèvres engourdies.

– Oui, s'il vous plaît.

– Deux euros dix, monsieur.

Sa voix est crémeuse. Tous les matins, elle l'appelle monsieur. Elle dépose le gobelet sur un petit plateau, ses ongles sont manucurés, la mousse de lait forme une fleur à la surface. Parfois la jeune femme ajoute de la cannelle, un biscuit, un chocolat. Gestes tranquilles, cheveux châtains relevés sur un visage de miel, regard émeraude : « Cappuccino, monsieur, comme d'habitude ? » Il serre les mains autour du gobelet et se glisse sur le cuir usé d'une banquette sans vis-à-vis, laisse son corps s'enfoncer, le dos calé contre le dossier trop mou, déplie le journal. Il regarde par la fenêtre, sourit à la serveuse, trempe ses lèvres dans la mousse blanche et brune. Douce-amère. A-t-elle ce même sourire pour tous ceux qu'elle croise ? Derrière la vitre maculée d'empreintes de doigts le jour lèche les rues. La boisson le réchauffe. Oui, il est un homme, un homme libre de sillonner la ville jusqu'à l'aube et de s'asseoir le matin devant un bon café servi par une jolie serveuse. Ça va. Le matin radoucit ses os de verre. Il pourra bien tenir un jour de plus.

*

Juliette, assise à la table de sa cuisine, se prépare à déguster un toast à la confiture, un magazine déplié à côté de l'assiette. Dehors un merle chante. Quelle chance, tout ce temps pour elle. Elle sourit en croquant dans le pain, grillé juste comme il faut, le beurre fond dans sa bouche et la confiture, fabriquée par ses soins, est sucrée à souhait. Elle saisit un crayon, replace ses lunettes et écarquille les yeux vers les cases de mots croisés. Cet exercice quotidien la maintient en alerte. Ils ont beau dire, elle ne va pas se laisser ébranler par quelques expressions qui s'éludent ou prennent la clé des champs.

Voyons voir. Définition numéro un. Plante piquante en cinq lettres. Piquante, piquante… Juliette se gratte la tempe et il ne faut pas longtemps pour que son regard s'éclaire. Ortie, pardi.

Plus difficile. Chanteur matinal, en trois lettres. De l'index elle tapote son menton, ça lui dit quelque chose. En tout cas ce n'est pas la première fois qu'elle tombe sur cette… comment dit-on… description ? Elle redresse la tête. Chanteur matinal, soleil… Été, peut-être ? Elle croque dans la tartine, ce ne sont pas trois maudites lettres qui vont l'abattre. Enfin, trois maudites lettres… plus le reste.

Juliette soupire. Le problème s'étend, on ne va pas se mentir. Au début, oui, c'était juste des petits riens, une expression fuyante, une idée ramollie. L'âge peut-être, un coup de fatigue. Se trouver dans une pièce sans savoir pourquoi. Partir faire les courses et revenir les mains vides. Découvrir un paquet sur la table sans se rappeler l'avoir acheté. Perdre ses clés, la télécommande. Des broutilles, jusque-là.

Puis des choses évidentes se sont mises à lui échapper. Par moments. Ça part, ça revient. Elle observe quelqu'un la bouche en cœur, les yeux dans ses yeux, et le son ne sort pas. Elle se fige, perplexe, piégée par la vie ordinaire. Comment faire fonctionner la machine à laver ? Quels vêtements porter pour aller chez le coiffeur ? Où est rangée la pelle à tarte ?

Depuis, elle note tout sur le calendrier, avec minutie. Pour se rassurer, d'abord, et pour tenir le cap. Elle s'en rend bien compte, les choses ne tiennent plus par elles-mêmes. Insidieux, sournois, un rien peut l'avaler. Soudain elle se trouve démunie face au ronron des habitudes, dépossédée de la marche à suivre. Idiote, vraiment. Elle sait plus ou moins où en sont les choses, et puis un éclat, une fatigue la soustrait, la retire, jette sur le monde une ombre épaisse, l'abandonne là où elle ne trouve plus les mots, où les jours n'ont plus de sens.

Elle compense, trouve des trucs, gagne du temps. Et fait semblant que bien sûr, elle savait, évidemment qu'elle allait le faire, qu'elle était sur le point de mettre la main dessus, l'avait sur le bout de la langue. Mais en fait, non.

Et puis cette histoire, la veille, chaussée de bottes maculées de terre, sur le pas de sa porte. Qu'est-ce que c'est que cette affaire ? Le souci dans les yeux de sa fille ne lui a pas échappé. À ce point, c'est la première fois, du moins si sa mémoire est bonne, ha ha ha, en voilà une expression qu'elle ferait bien d'éviter. Un fossé sans aucune image, un rapt loin d'elle-même. Combien de temps est-elle partie ? Une heure ? Toute la matinée ?

Juliette y pense. Souvent, même. À ces lieux qu'on voit dans les documentaires, les yeux éteints des gens, les corps affaissés privés d'espace, de clarté, de jardins, de baisers.

Elle se souvient de sa grand-mère, des années-lumière plus tôt, qui avait pris le temps de mourir doucement dans sa chambre à coucher, la fenêtre ouverte sur les vignes, dans la pièce où elle avait accouché de ses cinq enfants. Ou était-ce six ? Les voisins se relayaient pour la veiller. Des mômes passaient en coup de vent et la vie entrait avec leurs odeurs de sapin et de miel. Ils apportaient des fleurs et des bonbons qu'elle suçait lentement en caressant leurs mains. Ils ramenaient le soleil sur les draps fatigués et le courage revenait sur son vieux visage. Un chat dormait sur le couvre-lit que Juliette avait toujours connu, rose avec de grosses fleurs vertes, dans le style espagnol à la mode de l'époque. Tout allait bien puisque la maison vibrait de tout ce petit monde, elle pouvait partir en paix. Elle s'était endormie dans les bruits de la jeunesse, elle qui les avait tant bercés.

Bien sûr, l'époque a changé. Elle ne va pas imposer sa déchéance à Lise, à son gendre encore moins. Mais rien n'est simple, avec cette mémoire qui s'allume et brusquement s'éteint.

Que va-t-elle devenir ?

*

À force d'arpenter la ville de jour comme de nuit et d'y traîner ses guêtres, un pas lourd après l'autre, l'homme a fini par la connaître par cœur. Les boulevards, la rocade, les ruelles pavées, les places, les jardins, les églises et leurs cloches qui sonnent à toute volée ou annoncent discrètement les heures. Les jours se succèdent sans beaucoup d'originalité mais son corps, lui, se souvient. Des couleurs de chaque saison, de l'humidité fumante après la pluie sur le bitume. Il reconnaît l'éclatement des fleurs en avril, aux abords des parcs, l'haleine fraîche de la rosée matinale. Soudain cela s'impose à lui, oui, c'est bien comme cela, revoilà l'hiver, ah ! déjà le printemps. Il sillonne les impasses aux odeurs d'urine, les coupe-gorge, les dédales poisseux dans les bas quartiers le long des rails de chemin de fer. Il se perd dans le ventre de la cité, son battement sourd, sa pulsation grouillante. Parfois il s'aventure vers ces vallons plus au sud dont les feuilles des arbres sont baignées de soleil. Il marche et se rappelle par les jambes, par les pieds, par les trous dans ses godasses. La ville est sa mémoire. Les maisons étroites le long du canal, les colombages du cœur historique. Les devantures derrière lesquelles tapinent des filles à moitié vêtues. Et puis ces rues bordées de bâtisses aux pierres dorées même en hiver. Les squares où des mères harassées poussent des landaus qui grincent, les sorties d'école aux grappes d'adolescents hirsutes. Il a martelé tous les recoins, question de survie. Il coupe les angles à l'instinct, il évite les pierres d'achoppement les yeux fermés. Sa route l'emmène d'une adresse à une autre, un itinéraire semé de rendez-vous inexistants. Cet endroit du monde est devenu son territoire intime. À défaut.

Il a tellement foulé certains quartiers qu'il en est venu à percer des habitudes, des traditions. Il a ses zones de jour et ses zones de nuit. Au début il ne faisait qu'errer sans structure et sans but mais cette dérive-là a bien failli avoir raison de lui. Alors il s'est repris en main, en quelque sorte. Il s'est mis à observer, à repérer. C'était fatigant, tout en lui s'était rouillé. Les paupières lui tombaient, ses os lui faisaient mal. Mais c'était ça ou crever. À force d'observer, il s'est attaché à certaines scènes, à certaines vies. Il a fini par se greffer sur le calendrier de ceux qui sont toujours du bon côté. Il y va à son rythme, ça lui sert de quotidien. Il sait où arriver et à quelle heure. Le moment où s'allume la lumière derrière telle fenêtre le matin, en semaine, puis le week-end. Cette grand-mère qui dit au revoir à son petit-fils du pas de la porte, sur le coup de dix-huit heures, et cela dure, elle se hausse sur la pointe des pieds jusqu'à ce que la voiture s'éloigne. Le vieil Algérien qui avance sur le trottoir du marché des Halles avec déambulateur et sac à provisions, tous les soirs entre dix-sept heures et dix-sept heures trente. Les jeunes sur le terrain de basket qui vont et viennent, tapent la balle, se passent un joint, des écouteurs dans les oreilles ou une enceinte connectée à leur téléphone, les basses poussées à fond. Il a cueilli des perles, aussi, dont il est fier. Comme le couple qui fait l'amour rideaux ouverts tous les samedis après-midi, et l'infirmière du rez-de-chaussée au nord de la ville. Il aime la voir rentrer de sa nuit de garde, s'asseoir par terre, sur des coussins, au milieu des jouets de ses enfants et fermer les yeux à la lumière naissante avant que son petit monde ne s'éveille. L'homme la regarde depuis le trottoir, ses traits si doux, sa mine usée, il voudrait se faufiler comme un fantôme et lui lisser le visage d'un frôlement imperceptible pour effacer les marques de sa longue veille.

D'autres, en revanche, ont un agenda trop imprévisible. On fait ses courses n'importe quand, on rentre chez soi à n'importe quelle heure, on travaille quand ça nous chante, on a des plans aléatoires d'un bout à l'autre de la ville. Bref, aucune cohérence. Ceux-là, il ne les aime pas. Il préfère les réguliers, ceux dont il peut anticiper les faits et gestes. Il a besoin de s'incruster dans du dur, que sa route l'emmène par des itinéraires attendus, points fixes comme le café du matin. Ne jamais déroger à ce rituel accompagné de la lecture du journal, parce qu'il faut bien, tant qu'on y est, prendre des nouvelles du monde.

Bien sûr il y a les changements, déménagements, crises, divorces, naissances ou morts. C'est bien, ça le force à ne pas se reposer sur ses lauriers, à sortir de sa zone de confort. Confort, si l'on peut dire. « *Think outside the box* », disait-il aux participants de ses ateliers du temps de ses glorieuses années. C'est sûr que la vie l'a sorti de sa boîte. À ce point, il n'avait pas prévu.

Depuis quelque temps, il s'oblige à étendre son territoire, ces repères ne suffisent plus. De plus en plus souvent, il s'éloigne de la ville, découvre d'autres lieux, élargit son périmètre en cercles concentriques. Il prend le bus, s'il lui reste assez d'argent, et va sillonner la campagne. À une dizaine de kilomètres au sud de la ville, il y a cette vieille dame, repérée depuis peu, qui tricote à sa fenêtre. Une valeur sûre, semble-t-il : elle transgresse rarement ses habitudes. C'est un peu loin mais cela vaut la peine, des champs à n'en plus finir, des yeux sans horizon. Par moments on dirait qu'elle déserte. Le désert, il comprend. Il revient toujours de ses expéditions pour le café matinal et la jolie serveuse. C'est fatigant, ces kilomètres, mais quand il tournait en rond, c'était encore pire, c'était bien plus épuisant quand il n'y avait ni infirmière, ni amants, ni vieil Algérien, ni dame à sa fenêtre. Quand il n'y avait plus rien que le remords comme un incendie qui le ravageait vif.

*

Des pas sur le sable. Les cris des mouettes, un été, dans le ciel de Bretagne. Un homme et une jeune fille, ils marchent, l'homme a enlacé la taille délicate, la plage n'est que galets, embruns et rochers à perte de vue. La mer est loin, le danger est ailleurs, ils savent qu'ils devront s'éloigner avant que la marée ne monte mais pour l'heure les doigts légers frôlent la peau nue sous la blouse satinée au rythme de leur course. Elle est captive, tout entière dans la tiédeur de son corps en éveil, et cette nécessité a pris le pas sur toute autre considération. Elle ne s'était encore jamais sentie femme. Dans cette éclosion débridée il n'y a pas de place pour la marée qui afflue. Elle ramasse un galet, le lui offre en riant, il embrasse ses cheveux, son cou et elle rit de plus belle. Les mouettes hurlent de leurs cris stridents et ils songent qu'il faudrait rentrer, peut-être, le lendemain ils doivent reprendre la route, la mer se rapproche et le soir va tomber.

Qu'a-t-elle manqué ? Pourquoi y a-t-il dans ces susurrements un timbre qui la hante ? Est-ce le secret tapi derrière toutes ces années qui vient la dénoncer ? Quelque chose bat dans la nuit, quelque chose qui retient l'attention de Juliette. Cette quête incessante la fatigue mais c'est plus fort qu'elle, elle doit dissiper le brouillard, aller jusqu'au bout, chercher encore.

Un bruit la fait sursauter. Est-ce dans son rêve ? Est-ce le fracas du vent, ce raffut dans la maison ? Un *bam* comme une porte qu'on claque, un verrou qui saute. Un bibelot qui tombe ? Elle se redresse sur son lit, aux aguets. Lise et Hugo sont-ils restés dormir ? Est-ce normal, ce bruit, la nuit ? Un deuxième coup la fait se lever d'un bond. C'est en bas. Ce n'est pas dans le rêve.

Quelqu'un devait-il venir ? Un plombier, un… ? Elle ne trouve pas le mot, quelqu'un pour faire une réparation ? Travaille-t-on la nuit, de nos jours ? Le cœur de Juliette s'accélère. Son calendrier est en bas, dans la cuisine, il faudrait qu'elle le consulte mais un *clac*, cette fois, la fige sur place. Elle pense à se recoucher, à remonter la couverture jusqu'au menton, à fermer les yeux, à attendre que le bruit cesse. Doit-elle se recoiffer avant de redescendre ?

Elle s'approche de la fenêtre de la salle de bains, qui donne sur la rue, soulève légèrement le store. Les réverbères éclairent faiblement la petite allée qui mène à la maison. En bas, l'agitation s'accentue, on dirait des meubles qu'on déplace. Lise est restée cette nuit, c'est sûr. Elle pourrait être plus discrète, elle va réveiller le petit.

Juliette passe hâtivement une main dans ses cheveux, enfile son peignoir, fait un pas sur le palier et écoute. Le bruit est plus furtif, des crissements, des… des souris ? Elle avance d'un mètre, descend le grand escalier sur la pointe des pieds, se dirige prudemment vers le salon. Entrebâille la porte.

Un homme est plongé dans les tiroirs de sa commode.

Sidérée, elle reste à l'observer dans l'encoignure. Il semble n'avoir pas remarqué sa présence. On dirait qu'il fouille dans ses photos. Un électricien ne fouille pas dans les photos des gens. Elle a du mal à supporter ces mains inconnues sur ses souvenirs, dans son tiroir. Elle respire un bon coup, fait trois pas en avant, se racle la gorge.

– Excusez-moi… monsieur, nous… nous avions rendez-vous ?

L'homme sursaute, sort la tête du tiroir, se redresse. Il tourne vers elle un visage grisâtre un peu égaré. Le connaît-elle ? Elle a l'impression de l'avoir déjà vu.

– Euh… rendez-vous ?

Il est grand, ses vêtements sont sales, il est mal rasé. Une odeur de crasse flotte dans la pièce. Soudain Juliette est sûre qu'il n'a rien à faire là. Un courant d'air froid lui balaie la nuque. La porte coulissante de la véranda est ouverte.

– Vous êtes entré chez moi par… diffraction ?

– Bougez pas, ma p'tite dame, bougez pas. Vous m'avez pas vu. Ok ? Vous m'avez pas vu.

– Mais bien sûr que je vous vois !

Un ange passe. Encore cette impression furtive de l'avoir déjà croisé.

– Non, non, vous me voyez plus. Je m'en vais, hein, voilà, j'y vais.

Il recule en agitant ses mains devant son visage et disparaît derrière la porte coulissante. Intriguée, Juliette l'interpelle.

– Où ça ?

Dans le jardin, l'homme se retourne, surpris.

– Comment, où ça ?

– Vous dites : « J'y vais. » Mais où allez-vous comme ça ?

L'homme semble pris de court. Il s'arrête, regarde ses pieds, réfléchit en frottant ses cheveux.

– Là où je vais toujours, je suppose.

– C'est-à-dire ?

– Ben… ici et là.

Juliette ne semble pas satisfaite de la réponse.

– Ce n'est pas un lieu, ça, ici et là.

Il secoue la tête, comme pour dire, oui, en effet, ce n'est pas un lieu. Puis il disparaît pour de bon.

Elle reste au milieu du salon, complètement sonnée. La présence de l'homme dans la pièce était forte, réelle, elle a eu peur. Que faisait-il les mains dans ses photos ? Elle s'assied dans le fauteuil, incapable de remonter se coucher. Elle va attendre que le jour se lève et puis elle appellera sa fille.

*

Le carillon de la porte d'entrée retentit dans le salon. Juliette ouvre des yeux étonnés. Elle est étendue dans le fauteuil à bascule, en peignoir. Quelle heure peut-il bien être ? Elle s'étire en grinçant ; la lumière perce déjà le petit matin. Elle lisse sa robe de nuit froissée. Depuis combien de temps dort-elle ? Toute la nuit ou quelques minutes, elle l'ignore. Qui donc vient sonner à cette heure ? Elle voudrait s'habiller avant d'aller ouvrir. Il ne faudrait pas qu'on la prenne pour une souillon. De nouveau la sonnette. Les gens n'ont plus de patience.

Elle se lève, tente de se tenir sur ses jambes ankylosées. Elle décroche le combiné du parlophone suspendu au mur de la cuisine. Hugo, le visage brouillé par la mauvaise qualité de la caméra, lui décoche un grand sourire. Son petit Hugo. Comme il a grandi. Depuis combien de temps ne l'a-t-elle pas vu ?

– Mémé, c'est nous !

Juliette appuie sur le bouton qui ouvre la porte, raccroche. Fait quelques pas dans le corridor. Elle hésite, se retourne, il lui semble avoir oublié quelque chose. A-t-elle déjà consulté le calendrier ? Elle n'est pas encore allée chercher le journal, elle n'a pas fait ses mots croisés, alors où sont ses chaussures ? Doit-elle préparer un café ? Comment est-elle censée s'occuper aujourd'hui ?

Soudain une femme inconnue apparaît dans l'embrasure de la porte ; grande, élégante, sportive, les cheveux mi-longs. Juliette recule. La dame s'approche, la serre dans ses bras. Juliette reste de marbre mais se laisse faire.

– Comment ça va, Maman ?

Maman… ? Juliette s'écarte, regarde le visage qui lui sourit. Peu à peu la vision de l'inconnue est remplacée par celle de Lise. Cette grande dame, c'est Lise. Les yeux de Lise, dans le corps d'une femme élégante et sportive, à l'allure un peu froide, plutôt belle. Sa petite fille.

– Ma chérie, c'est toi.

Elle jette un œil derrière son épaule et aperçoit Hugo, plongé dans une BD. Soudain tout lui revient, sans transition. L'homme, sa visite nocturne, la peur qui l'a saisie. Lise a déjà ouvert les placards et sorti de quoi cuisiner un petit repas. Est-il déjà midi ? Juliette est contente de les voir là, tous les deux. Elle vérifie discrètement le calendrier. Lundi, Lise et Hugo. C'est bien ça.

– Il m'est arrivé quelque chose, cette nuit. Quelqu'un est entré ici.

Lise lève les yeux du sandwich qu'elle est en train de beurrer pour son fils.

– Comment ça, quelqu'un ?

– Comme je te le dis. J'ai entendu du bruit, je suis descendue, il y avait un homme dans le salon en train de fouiller dans ma commode.

Lise fronce les sourcils.

– Tu es sûre ?

– Si je suis sûre… ? Quelle drôle de question.

Lise se pince les lèvres, racle la pointe du couteau sur un coin de l'assiette et se remet à beurrer avec application.

– Je demande ça parce que… ces derniers temps… enfin, tu vois, Maman, non ? Tu n'es pas toujours sûre, justement. Il y a eu effraction ?

– Non, il est entré par la porte-fenêtre de la véranda, le côté coulissant.

– Mais il a forcé le mécanisme ?

– Inutile, je ne ferme jamais !

Lise regarde sa mère et, couteau en main, écarte les bras dans un geste d'incrédulité. Une petite motte de beurre atterrit sur le front d'Hugo, juste entre les sourcils. L'enfant rigole tout seul.

– C'est pas vrai, tu ne fermes pas ? demande Lise. Mais pourquoi ?

– Qui veux-tu qui entre ici ?

– Ben le voleur, Mémé, réfléchis ! s'exclame Hugo en étalant sur le sandwich la noix de beurre qu'il a récupérée entre ses doigts.

– Oui, d'accord, mais... à part lui ?

Lise lui jette un bref coup d'œil puis retourne à sa tâche, s'attelle à ôter les croûtes d'une tranche de gouda.

– Ces jours-ci je me demande qui est la mère. Et tu es certaine de n'avoir pas rêvé ?

– J'en tremblais, Lise, je n'ai quasiment pas dormi de la nuit. J'ai mis mon peignoir, allumé sur le palier, je me suis forcée à descendre. Il était là, dans le salon, les mains sur mes photos.

– Et tu n'as pas appelé la police ?

Juliette s'interroge un instant, étonnée par la question.

– Je crois que ça ne m'a pas traversé l'esprit.

Les deux femmes s'observent sans un mot.

Aurait-elle dû appeler la police ? Juliette se sent cogiter à plein régime mais ne parvient pas à mettre le doigt sur l'incongruité de sa réaction. Elle perçoit bien que quelque chose lui échappe, sans savoir du tout quoi. Où en était-on, déjà ?

– Tu aurais dû, Mémé, c'est dangereux, les voleurs.

– Tu trouves, mon cœur ?

– Tu entends ce que dit le petit, Maman, tu vas porter plainte, tout de même ?

– Pour quoi ?

– Le voleur. Dans ta maison. Tu vas porter plainte ?

Ah oui ! L'homme de la nuit. L'image revient.

– Je ne sais pas. Il avait l'air gentil.

Lise lâche un « ah ! » sonore.

– Ah ben, s'il avait l'air gentil, on est sauvés alors ! Mais il ne faudra pas t'étonner s'il revient fouiner dans les parages. Et donc, il ne t'a rien pris ?

– Non, je te le dis, rien du tout, il était sale et sentait mauvais mais il n'avait pas l'air méchant. C'est juste que je n'ai pas aimé qu'il touche à mes souvenirs.

Lise marque une pause, jette les croûtes de fromage à la poubelle, lentement, referme le pot de beurre.

– Qu'il touche à tes souvenirs.

– Oui, qu'il fouille mon passé, comme ça, c'est vrai que j'avais peur qu'il emporte quelque chose.

Lise s'assied et pousse le sandwich vers Hugo qui s'en empare délicatement. Comme il a les traits fins.

– Si je résume, tu avais peur qu'un inconnu qui s'est

introduit dans ta maison ne reparte avec des traces de ton passé.

– C'est ça, voilà, tu aurais eu peur aussi, je t'assure.

– Maman.

– Chérie ?

– Je peux te poser une question ? Ne le prends pas mal mais... Aurais-tu peur pour tes souvenirs ? Je veux dire : te sens-tu inquiète à cause de ces... absences que tu as par moments ? Tu sais, on en a parlé l'autre jour.

– Lise, ne me prends pas pour une idiote. Et ne fais pas ta prof. Tu chicanes, je vois bien.

– Je ne fais pas ma prof, Maman, je suis prof, c'est mon métier, et non, je ne chicane pas, ça n'a rien à voir.

– Cet homme était là, dans mon salon. Je l'ai vu comme je te vois. Rien à voir avec mes... absences.

– Ok, ok, t'énerve pas. Je demandais, c'est tout. Bon, déjà, tant mieux s'il avait l'air gentil. C'est toujours ça.

Lise ouvre une armoire, se sert un verre d'eau au robinet, en remplit un autre pour son garçon.

– Demain c'est mardi, le matin je suis à l'école et Hugo reste avec Zara, mais on passera après, d'accord ? Je n'ai pas cours l'après-midi. On viendra voir comment tu vas. On ira faire un tour si tu veux.

– Un tour où ? Pour quoi faire ?

– Je ne sais pas, du shopping, chez le coiffeur, tu choisis, ça te changera les idées.

– Oh non, pitié, pas du shopping ! Pas le coiffeur ! s'écrie Hugo en se lavant les mains.

Juliette passe un doigt sur le front de l'enfant encore graissé par la trace de beurre.

– Je ne vais plus chez le coiffeur, tu sais bien. Ils ont fermé, depuis la maladie chinoise. Qui te coupe les cheveux, à toi, d'ailleurs ? Ils sont pas mal, courts comme ça. Ça fait ressortir tes yeux.

Lise soupire, stoppe son geste, le verre au bord des lèvres. Elle s'apprête à dire quelque chose, se ravise.

Hugo la devance.

– Mémé, je crois que tu oublies des trucs. Maman m'a coupé les cheveux la semaine dernière. En plus, ça fait un bout de temps qu'on a le droit de sortir, c'est bon.

Sa mère l'interrompt.

– On verra ce qu'on fait, hein ? Ce ne sont pas les idées qui manquent.

Le regard de Juliette se tourne vers la fenêtre, vers les champs retournés par les herses, les sillons rectilignes et les vignes au-delà, se perd loin d'Hugo et de Lise. La conversation l'a fatiguée. Le soleil baigne les terres arasées. Elle hésite, pensive.

– Si je pouvais, je retournerais là-bas.

– Où ça ? Dans les champs ?

– Non, bien sûr que non. Là-bas, à Saint-Jacut-de-la-Mer. J'y pense, ces jours-ci. Dans mes rêves, surtout. Quand je tricote aussi, ça revient. Ça s'appelait comme ça. Un drôle de nom pour un si bel endroit.

Hugo se débat avec les boutons de son manteau tandis que Lise enfile le sien. Elle demande :

– C'est en Bretagne, non ? Tu y es déjà allée ?

– Je ne t'y ai jamais emmenée, je crois.

– Jamais non, je ne connais pas. Enfin, si, de nom, quoi. Et toi ? C'était quand ? C'était avec papa ?

Juliette baisse les yeux, secoue légèrement la tête. Ne répond pas. Lise s'approche, elle semble plus inquiète que fâchée, cette fois. Une lueur pensive lui passe sur le visage, adoucissant l'arête du menton.

– Qu'est-ce qui te fait penser à ça, Maman ? C'est à cause des albums photo ?

– Non, ma chérie, je n'ai pas la moindre photo de cette époque. Tout est dans ma tête. C'est bien ça, le problème.

Lise et Hugo s'en vont. Juliette les suit du regard sur l'allée qui mène à la route puis s'installe à nouveau dans le temps suspendu. Elle attend quelqu'un, assise dans le fauteuil, son tricot à la main. Elle regarde le ciel changer de teinte à travers la vitre, elle voit le chemin qui file au-delà du jardin vers les champs. Elle souhaite qu'il frappe et qu'il entre, ôte son chapeau, caresse sa joue, dise : « Ma chérie, ça faisait longtemps. » Il l'appelait comme ça : « ma chérie ». À quoi ressemblait son visage ? Sa voix profonde comme exhalée du fond d'une grotte, elle s'en souvient, elle ne pourra jamais l'oublier. Mais ses yeux ? Ses cheveux ? Était-il grand ? Était-il beau ? Elle le guette, les yeux rivés au loin, sa silhouette devrait apparaître, se dessiner à contre-jour dans la lumière, il va bien finir par venir. Elle l'espère depuis tellement longtemps. Quel est son nom ? se demande-t-elle encore. Qu'a-t-elle à lui dire et pourquoi ne vient-il pas ? L'a-t-elle déçu, fâché, mis de mauvaise humeur ? Elle doit lui avouer quelque chose, c'est important, elle doit retrouver ce quelque chose et le lui confier avant d'oublier que ce quelque chose existe. Mais qu'est-ce donc ?

*

À sa sortie de prison, pendant quelques mois, l'homme avait essayé. Il avait pris le logement proposé par l'assistante sociale et y avait posé ses morceaux d'existence. Une brosse à dents sur l'évier, une éponge pour la vaisselle, quelques pantalons, pulls et tee-shirts, c'était tout. Trois ans qu'il n'avait plus dormi dans une chambre à lui. La nuit il continuait d'entendre dans sa tête le boucan des autres détenus. Il se réveillait les yeux écarquillés et il lui fallait quelques secondes pour se rappeler où il était. Il peinait à faire ses courses, à organiser les semaines. Un jour à la fois c'était déjà trop. La promiscuité et le manque d'air lui avaient lessivé le cerveau. Mais il s'était habitué, aussi. Là, tout seul devant sa télé, les trous faits à sa vie depuis l'affaire ressortaient comme le nez au milieu de la figure. Le frigo restait vide. Il avait imaginé qu'il accrocherait des photos aux murs, qu'il mettrait des bibelots sur la cheminée. Des rideaux même, pourquoi pas, des couleurs claires aux portes qu'il repeindrait lui-même. Oui, mais des photos de qui ? Des bibelots qui lui rappelleraient quoi ? Les jours heureux étaient loin désormais. Avaient-ils seulement existé ? Il n'avait rien rapporté du cabanon, ce n'était pas un retour de vacances. Toutes les affaires de sa vie passée se trouvaient dans des cartons stockés dans le garage d'un ami qui n'avait plus jamais pris de nouvelles. Et surtout, ces années passées entre les quatre murs de sa cellule n'avaient pas réussi à lui donner le sentiment d'avoir payé sa dette. Pas un jour sans qu'il pense à leur surgissement dans sa vie. À leur destin brisé. Celui de la petite, surtout. Ah ! la petite. Cet après-midi-là avait sectionné à tout jamais son existence en deux. D'un côté, l'avant. De l'autre, le présent déglingué, et au milieu le craquement effroyable qui avait tout fait voler en éclats.

À force de rester collé tout seul devant sa télé, l'appartement déjà pas très net s'engourdissait et prenait la poussière. Lui s'enfonçait dans le divan chaque jour un peu plus, le tissu déjà râpé au niveau des fesses. L'évier de la cuisine ne désemplissait plus, le plan de travail était jonché d'emballages de plats préparés et de filtres à café couverts de marc moisissant. Les coins de la douche jaunissaient à force d'eau stagnante. En prison, au moins, il était obligé de nettoyer sa cellule à horaire fixe. Ici tout partait en sucette.

Personne ne l'avait attendu à la sortie. Il avait cru que, tout de même, quelqu'un viendrait. Il n'avait pas pu s'empêcher. Cet instant, il l'avait rêvé mille fois, ce moment où les portes s'ouvrent, la lumière derrière le grand portique, le ciel au-delà et un visage familier de l'autre côté de l'enceinte de sécurité. Quelqu'un qui vous fait signe, s'approche, vous embrasse, et vous voilà rentré. En réalité, la sortie de taule, ç'avait été pire que tout, le voyage avait été si long, ces années à cogner son esprit contre les cloisons, et là personne. À part un bref texto de son ex-femme, lui souhaitant bonne chance, qui lui avait pincé le cœur ; et un selfie de sa fille, pris depuis le sommet d'une montagne, son pouce levé devant un sourire radieux, bronzé, le visage fendu de soleil. Sous le bord du vieux chapeau qui faisait une ombre devant son regard, elle ressemblait à une star de western des Golden Sixties. Cela lui rappelait leurs vacances en Camargue quand petite elle bombait fièrement le torse, assise sur son poney, une dent en moins aux premières loges, la peau tannée par la lumière du Sud, les cheveux clairs comme les blés. Un message accompagnait la photo : « #premierjourdurestedetavie, vas-y papa. » Il avait longuement regardé l'image puis était monté dans le minibus qui l'emmenait vers ce reste de vie. 39, boulevard de la Résistance, appartement 17B. Meublé aux frais d'un organisme social, en attendant mieux. Il n'y avait pas d'ascenseur et le seul effort de monter les six étages lui avait coupé l'envie de redescendre. Le cercle vicieux avait commencé : bouger le moins possible, vivre le plus petitement possible.

Un jour il était sorti pour aller chercher du pain. Le sien était tellement rassis qu'il s'y serait cassé les dents. Au retour, en poussant la porte de l'immeuble, il avait senti les jambes lui manquer devant la première volée d'escaliers. Il était resté là à regarder les marches grimper vers le sixième, vers l'odeur de moisi, la télé allumée en permanence, les nuits d'insomnie. Son corps pesait trois tonnes. Incapable, littéralement, de s'emmener là-haut. Il avait pivoté sur lui-même, hagard, son sachet de pain sous le bras, laissant claquer derrière lui la porte du bâtiment. Il avait regardé la rue, le soleil l'avait ébloui. Le goudron était chaud à cette heure du déjeuner. Une chanson lui avait traversé l'esprit, sortie de nulle part. « Tu verras bien qu'un beau matin fatigué / J'irai m'asseoir sur le trottoir d'à côté / Tu verras bien qu'il n'y aura pas que moi / Assis par terre comme ça. » Mais là, il n'y avait que lui. Lui, son vieux froc et son tee-shirt plein de sueur. Lui et ses restes de vie – une vie qui n'en était même plus une. Il frissonnait malgré la chaleur, et au cœur de ce tremblement, des refrains avaient continué de défiler. Il s'était immobilisé, happé par la lassitude et par un *beat* venu tout droit du passé. Les cheveux longs de sa jeunesse. *Let it be. Like a bridge over troubled water. Emmenez-moi au bout de la terre.* Les voitures passaient en trombe sur le boulevard, il ne distinguait pas les conducteurs derrière les pare-brise.

Les arbres plantés à intervalles réguliers de part et d'autre des trottoirs étaient si peu sauvages qu'ils n'offraient pas le moindre réconfort. Le bitume s'avérait soudain la seule issue possible, se laisser écrouler par la pesanteur, par le plomb dans l'aile. Traverser en fermant les yeux et se faire percuter par les voitures vrombissantes, en finir, finir là, comme la petite. Enfin payer sa dette. La tête lui tournait. Le bourdonnement du trafic s'était mis à scander sur sa peau une drôle de litanie. Tout rugissait, dans ses yeux, ses oreilles, sur le macadam. Les chansons poursuivaient leur manège infernal. Les mélodies chaudes de son adolescence sans aucun ordre ni aucune mesure. *Don't be a fool. Darling you can count on me.* Il aurait dû tomber là, noyé dans les rengaines de ses belles années, avalé par l'asphalte et les regrets. Mais les notes insistaient, le souvenir du cœur qui s'ébroue sur fond de vinyle qui craque. Il y avait puisé un peu d'espoir, probablement, il n'y avait pas d'autre explication. Il avait mis un pied devant l'autre et ne s'était plus arrêté.

*

Il est tôt. Le soleil vient de poindre à l'horizon. Juliette sort par la porte de l'arrière-cuisine pour aller s'occuper des poules. C'est indiqué sur le calendrier, tous les jours avant le déjeuner : nourrir les poules. Alors elle le fait. Elle enfile un gilet, glisse les pieds dans les vieilles bottines abandonnées sur le paillasson. Qui peut bien mettre des chaussures aussi poussiéreuses ? Dehors la fraîcheur la saisit. Et toujours ce ciel indéfinissable. Elle s'approche de l'abri, ouvre le battant qui grince sur ses gonds. Prend la pelle posée sur le tonneau et remplit un seau à ras bord. Au moment de fermer le couvercle, quelque chose attire son attention. Un bout de plastique vert pomme au milieu des céréales. Elle plonge la main dans la mixture et en retire une brosse à dents. Ça alors ! Le marchand lui a vendu une brosse à dents avec les graines. Une expression lui traverse l'esprit : « quand les poules auront des dents ». On disait ça, avant, elle se rappelle : « quand les poules auront des dents ». Il y avait aussi « la semaine des quatre jeudis ». Qu'est-ce que cela peut bien vouloir dire ?

Elle s'approche du carré d'herbe et de boue grillagé qui tient lieu d'enclos aux volatiles. C'est un petit poulailler, bien plus étroit que celui de son enfance. Elle jette les graines par-dessus la clôture comme son père le lui a appris. Pas en tas, il faut saupoudrer pour qu'elles atterrissent un peu partout, comme le sucre glace, et que les poules puissent manger en paix, chacune son périmètre plutôt que de se caqueter dessus. Elles accourent en se dandinant, les plus gloutonnes battent des ailes et perdent quelques plumes dans la bataille. Juliette sourit et entrebâille le toit du petit refuge imbriqué dans le grillage. Elle ramasse quatre beaux œufs déposés sur la paille, de quoi se faire un bon déjeuner. Il lui reste peut-être du lard fumé à la cave. Est-ce déjà l'heure du déjeuner ? Son père est-il rentré des champs ?

Les œufs sont chauds dans ses mains sèches, contre sa peau râpeuse. De nouveau cette impression désagréable qu'on lui cache quelque chose. Le ciel semble s'obscurcir au-delà du jardin. Va-t-il se mettre à pleuvoir ? Elle devrait s'abriter. Elle resserre son gilet, lève les yeux vers la cime des arbres. Le soleil matinal lui pique les yeux. Pas un nuage.

Avec un fond d'inquiétude, elle pénètre dans le local de l'ancien four à pain, là où elle garde la réserve de foin. Elle est soudain très fatiguée. Comment un ciel si bleu peut-il sentir la neige ? Elle s'assied sur un ballot, laisse tomber la tête entre ses mains. Délace ses bottines, s'allonge. Les tiges lui grattent le cou, l'odeur est familière. Elle passe l'index sur les œufs déposés à côté d'elle. La surface est douce, maculée de fientes. Elle aimerait que la coquille se fendille pour laisser sortir un poussin. Son père le lui a promis, il y en aura avant l'été.

L'odeur lui rappelle un je-ne-sais-quoi. Elle espère quelque chose, elle attend quelqu'un. Une sensation la brûle, lui crispe la gorge. Les années ont passé, elle a grandi. Elle s'est allongée en rêvant, un poids l'a recouverte, elle voudrait que cette sensation soit éternelle. Quelqu'un l'étreint, glisse ses doigts sous son pull, la déshabille. Il vient la voir le soir, il vient quand la nuit est tombée. Elle dit à ses parents qu'elle va rentrer les poules, elle se sauve vers la grange, le retrouve dans le noir, derrière la porte. Il ôte son chapeau avant de la rejoindre, lui effleure le bas du dos. Il demande toujours : « Tu es sûre ? », et elle répond : « Oui », oui, elle est sûre, elle n'a jamais été aussi sûre, tout le jour elle rêve de la longue caresse sur son corps, dans son corps aussi, elle n'attend que ça, mais il ne peut pas toujours venir. Il y a ses enfants. Il y a sa femme. Elle comprend, mais à chaque fois c'est un grand vide, ce poids manquant serré contre elle.

Cela dure depuis toujours avec Jean. Petite, il l'emmenait sillonner la campagne. Vers ses quinze ans, son cœur s'est mis à battre à tout rompre lorsqu'il franchissait la porte du salon. Elle ne gambadait plus dans les champs ; elle prenait place sur une chaise pour les écouter, lui et ses parents, juste pour entendre sa voix, elle faisait semblant de se plonger dans son ouvrage et tendait l'oreille. Le coût des cépages, les nouvelles techniques de taille. Son père approuvait la présence de sa fille lors de ces échanges. Il espérait qu'un jour elle reprenne l'exploitation viticole, qu'on lui déniche un parti avec de bons bras et un peu de cervelle et qu'ensemble ils aient assez de jugeote pour faire prospérer l'affaire.

Juliette écoutait et, en effet, apprenait vite. Elle absorbait tout de ce que disait Jean, le timbre de sa voix, la couleur de la robe, le long fruité en bouche, la délicatesse de l'enveloppe du raisin, les tannins, le goût du chêne. À seize ans, elle pouvait reconnaître un cépage les yeux fermés, parfois juste à l'odeur. L'associé de son père hochait la tête, approuvait, croisait furtivement son regard. Ses yeux posés sur elle lui révélaient des rondeurs qu'elle ignorait, le moelleux de ses seins, la cambrure de ses hanches, elle se sentait fondre, juteuse comme la chair sous la peau ferme des grappes croquées au soleil.

Puis Jean se levait pour partir et elle se remettait à l'attendre. Elle l'espérait sur le chemin du lycée, en faisant la vaisselle, en s'amusant avec les jeunes du village. Elle guettait la fois suivante, elle connaissait par cœur le calendrier qui amènerait Jean Meyer à croiser ses parents. À la fin de la conversation, son père lui demandait de le raccompagner sur le seuil de la porte. De temps en temps, si elle osait, elle faisait quelques pas avec lui jusqu'à la grille. Il lui parlait de la saison en cours, des récoltes, du soleil trop ardent ou au contraire de l'atmosphère humide, des prévisions du cru. Elle l'écoutait, accordée à son rythme, son épaule la frôlait et elle gardait le frisson tapi dans ses entrailles jusqu'à ce que, une fois seule, elle puisse lui donner libre cours. L'émoi bourdonnait, se répandait sous sa peau. L'appel à s'approcher de ce corps et à le laisser la cueillir entre ses bras était affolant et inconcevable. Un secret comme une torche qui la consumait en silence. Ses parents l'auraient enfermée à double tour s'ils avaient eu vent des idées qui l'occupaient nuit et jour. À Jean non plus elle n'aurait jamais rien osé avouer. Il l'aurait renvoyée à ses cahiers de lycéenne, à ses copines, à ses jupettes. Elle en serait morte de honte. Pourtant parfois, elle l'aurait juré, quelque chose traversait ses beaux yeux sombres. Une tendresse obscurcissait son visage, un instant, un rien dans la manière qu'il avait de se voûter vers elle. Quand son père la mandatait pour l'escorter, le soir, par politesse, et qu'ils faisaient quelques pas jusqu'au bout de l'allée qui menait à la route, elle sentait son ombre charpentée se courber, s'ourler d'un parfum indéfinissable. Elle se faisait des idées, certainement. Des scènes embrasées lui venaient en tête. Elle rêvait qu'il l'écartait brusquement du sentier, qu'il la poussait contre un arbre, la serrait tout contre lui, l'imprégnait de son odeur. Il poserait la main sur sa nuque, caresserait ses cheveux, descendrait le long de sa gorge, peut-être même jusqu'à sa poitrine. S'il avait su la moiteur qui lui coulait entre les cuisses, la brûlure de sa voix sur sa peau satinée… Au début c'était seulement dans son cœur, dans son impatience d'adolescente, dans sa tête rêveuse. Peu à peu cela s'était transformé en tremblements inconnus, en sueurs qui sentaient le miel. En traînées laiteuses et lancinantes. Et en conscience fugace de possibilités inavouables, du pouvoir de son corps et de ses yeux sur l'ombre alanguie au-dessus d'elle dans la nuit.

Une petite main sur son épaule la secoue sans brusquerie.

– Mémé, Mémé ! Tu dors !

Quelque chose lui gratte le dos, le bas des jambes, elle ouvre les yeux. Le visage d'Hugo est penché sur elle. Elle cligne des paupières avant de le reconnaître. Il la regarde d'un air grave.

– Tu dormais, Mémé, tu rêvais, viens, Maman te cherche. Maman ! Je l'ai trouvée !

Juliette essaie de se soulever, s'appuie sur un coude mais le foin est mou sous son corps raidi. Elle n'a pas la force. Hugo s'assied à côté d'elle, passe un bras sous ses omoplates, tire, se met à tousser.

– Maman ! On est ici ! hoquette-t-il entre deux râles.

Juliette dodeline lentement de la tête pour retenir encore une impression si douce, la sensation qui s'attarde d'une rivière de velours sur sa peau, mais qu'est-ce donc ? où était-elle ? Un passé ou un futur étranger à ces os durcis, à ces jambes de plomb en avant d'elle, à ces taches sur le dos des mains.

– N'aie pas peur, Mémé, on te trouvait plus. Je peux rester dans le foin avec toi ?

Juliette tente de se maintenir assise, adossée à son petit-fils. Contre ce petit corps d'enfant. Ses doigts grimpent le long du bras filiforme, une chanson lui revient. « Coccinelle, demoiselle, bête à bon Dieu… » Elle fredonne, Hugo fait s'envoler ses mains comme un papillon, chantonne avec elle. « Petit point rouge, elle bouge… Petit point blanc, elle attend. » En a-t-elle eu, des enfants ? Combien ? Elle cherche, un visage revient, celui de Lise, mais il y a autre chose, comme en dessous, oui, c'est bien cela, en dessous de Lise. Un dont elle n'est plus sûre, un quart, un demi, un dixième d'enfant, un qu'on n'a pas nommé, qui n'a pas eu le temps de se pousser jusqu'au-dehors. Est-il toujours là quelque part ? L'a-t-elle perdu ? L'a-t-elle rangé ? Une figure apparaît par la porte entrouverte. Soudain Juliette tressaute, lance les bras au ciel dans un geste de victoire.

– Mais oui, bien sûr !

Lise et Hugo échangent un regard surpris, hésitant entre l'embarras et le fou rire.

– Ça va, Maman ? On peut savoir ce qui se passe ?

– Comment n'y ai-je pas pensé ? Chanteur matinal. C'est le coq, évidemment !

– C'est vrai, ça, Mémé, le coq, il chante le matin.

Brave petit. Enfin un qui comprend quelque chose.

– Ça fait deux jours au moins que je cherche. Et voilà. Tout n'est pas perdu.

Elle prend appui sur Hugo pour se remettre debout, époussette sa robe pour ôter les brins de paille.

– On va rentrer, Maman, Hugo ne peut pas rester là. Tu sais bien, ça déclenche les quintes de toux.

Juliette ignore si elle s'est assoupie, ce qu'elle fait là, mais ce dont elle est sûre c'est qu'elle était bien, juste avant.

– Figure-toi que j'ai trouvé une brosse à dents dans le tonneau à graines. Je me demande quel farceur l'a mise là, mais ça m'a tout de suite fait penser à l'expression, tu sais : « quand les poules auront des dents ». C'est-à-dire jamais.

– C'est vrai, ça veut dire ça. Et alors ?

– Quoi, et alors ? C'est tout. Je viens de m'en souvenir.

– Et c'est à cause de ça que tu te reposais dans le foin ? Tu cherchais ?

– Non. Je ne crois pas, non. Enfin si. Je cherchais. Autre chose.

– Viens, allez, je t'aide. Voilà, appuie-toi. On va rentrer, hein ? Ça ira ?

Lise emmène sa mère à l'intérieur en la soutenant par les épaules. Derrière elles, Hugo ratisse les pierres sur son passage, avec un bout de bois. Juliette s'installe dans son fauteuil et Lise déplie un plaid sur ses genoux.

– On ne pourra pas rester finalement. On a rendez-vous chez le médecin. Tu n'as besoin de rien ? Un thé ? Ton tricot ?

– Ça va, ma chérie. Je vais regarder dehors. Les nuages qui passent. C'est reposant.

– Comme tu veux. Viens, Hugo, on y va. Sinon on arrivera chez le docteur quand les poules auront des dents !

Elle lève les yeux vers sa mère et lui décoche un sourire complice. Juliette hoche la tête d'approbation.

– C'est une drôle de phrase, hein, tu trouves aussi, mon petit gars ?

– T'as raison, Mémé, elle est bizarre, cette phrase. Pourquoi pas, tant qu'on y est, quand les chiens auront un bec !

Juliette éclate de rire, l'aide à enfiler sa veste et, avec un sourire encore accroché aux lèvres, le suit des yeux tandis qu'il trottine vers la porte. Malin petit bonhomme.

Elle leur fait signe jusqu'à ce qu'au tournant de la route la voiture disparaisse derrière un bosquet, puis ôte le plaid de ses genoux, se relève et retourne tranquillement vers son jardin. Elle doit vérifier quelque chose. Dans le prolongement de l'ancien four à pain, à côté de la réserve de foin se trouve l'atelier qu'elle a aménagé. Elle l'a délaissé ces derniers temps, mais s'est rappelé son existence tout à l'heure, quand Hugo l'a réveillée. Elle pousse le battant qui sépare en deux la construction de pierre. Les toiles d'araignée ont envahi l'espace et une fine couche de poussière recouvre l'établi. Le tour est encrassé et, juste à côté, deux sacs de glaise à demi déballés ont complètement séché.

C'était après la mort de son mari, Félicien, le père de Lise. Soudain elle avait eu tout ce temps devant elle. Elle ne devait plus s'occuper des repas, des traitements, de l'accompagner aux séances de chimiothérapie, de l'installer comme ceci ou comme cela devant la télévision, sur un transat au jardin ou, à la fin, dans le lit médicalisé installé au salon. Elle avait enfin prêté l'oreille à cette impatience qui depuis toujours lui brûlait les paumes. L'été, petite fille, elle mouillait déjà la terre et fabriquait des statuettes qu'elle laissait sécher au soleil. Quand elle manipulait cette boue, le monde autour d'elle s'évanouissait, elle frémissait de plaisir, ses doigts trouvaient instinctivement comment pétrir la matière argileuse. Plus tard, elle avait été occupée à bien d'autres choses, les tâches quotidiennes et les corvées sans fin d'une maison. Tant mieux, d'ailleurs, car elle sentait bien qu'il fallait tenir à distance ce qui remontait de la terre à son insu, que cela risquait de l'emmener vers ce lieu vivant et sensuel auquel elle avait définitivement fermé la porte. Autant garder ses mains sages et tranquilles. Le tricot suffisait.

Mais après le décès de son époux, le creux de ses mains s'était remis à picoter. Elle s'était inscrite à un cours de poterie et avait agencé ce petit atelier. Depuis elle offrait vases et amphores à son entourage pour les fêtes et les anniversaires. Elle avait continué jusqu'à la lente survenue de ce brouillard dans sa tête qui en plus de lui envahir l'esprit semblait lui avoir ligoté les mains.

Elle souffle sur la poussière, prend un balai, ôte quelques toiles d'araignée puis ouvre une armoire à l'aide d'une petite clé qu'elle pêche dans une jarre. Sur l'étagère du milieu, un bloc de glaise, toujours emballé, un seul, paraît attendre qu'on le délivre. Il est bien là, elle avait raison, elle n'est pas folle. Elle le fixe comme pour lui intimer de rester à sa place. Puis referme l'armoire. Pour l'heure cela suffit, mais elle tâchera de se souvenir de venir de temps en temps.

En sortant de l'abri de pierre, elle découvre un homme assis sur la terrasse dans un de ses fauteuils de jardin. Vraiment, il y a des gens sans gêne.

– Hé là ! Vous êtes chez moi !

En l'apercevant l'homme se lève précipitamment et recule vers la haie qui sépare le jardin de celui des voisins.

– Je… je croyais qu'il n'y avait personne. Vous n'étiez pas à la fenêtre. La maison semblait si calme.

Est-ce bien une raison ? se demande Juliette. Elle s'approche, le cou en avant.

– Je vous reconnais. Vous êtes déjà venu.

– Moi ? Vous devez confondre.

– C'était vous. Je vous reconnais. Vous avez ce nez qui me rappelle mon père.

L'homme se tait, se tâte le nez. Voilà autre chose !

– Comment vous appelez-vous ?

– Pardon ?

– Votre nom ! C'est quoi ?

L'homme se gratte le crâne. Cela fait longtemps qu'on ne lui a plus posé la question. Est-ce une bonne idée de décliner son identité à une dame chez qui on n'est pas censé se trouver ? Pourquoi pas lui laisser sa carte de visite, tant qu'on y est ? Oh, et puis…

– Gilles.

– C'est votre nom ? Gilles ?

– C'est ça. C'est moi.

Juliette laisse le nom planer quelques secondes au-dessus de leurs têtes. Gilles.

– Je ne sais pas si je m'en souviendrai. J'oublie beaucoup de choses.

Elle décide de ne pas le noter sur le calendrier. Lise risquerait de lui demander des explications.

Ils restent là debout, lui à se déhancher d'un pied sur l'autre à côté du siège de jardin, elle à hésiter sur la marche à suivre. Soudain elle a une idée.

– Vous voulez prendre un café ? Ma fille ne boit plus de café. Mon beau-fils, oui, mais pas avec moi, ça ne l'intéresse pas. Et vous ? Vous aimez le café ?

– C'est-à-dire… oui, mais, quoi… ici ?

– Non, bien sûr que non. Nous pouvons entrer.

Juliette fait coulisser la porte de la véranda. Il la suit d'un pas pesant à l'intérieur. Au point où nous en sommes, se dit-elle. Elle disparaît dans la cuisine sans penser à lui proposer de s'asseoir. Il l'entend farfouiller dans les placards et ne bouge pas, encombré de son grand corps. Cela dure un moment mais elle finit par réapparaître les bras chargés d'un plateau. Café, biscuits. Elle ne savait pas qu'elle avait des biscuits. Ça tombe plutôt bien. Elle pose le plateau sur la table et reste debout à ses côtés, l'observant du coin de l'œil.

– Alors… pourquoi êtes-vous entré chez moi l'autre jour ? Vous faites ça souvent ? commence-t-elle, certaine, pour une fois, de l'acuité du souvenir.

– Vous voulez dire… entrer chez les gens ?

– Oui, exactement. Ce n'est pas très poli, vous m'avez fait peur.

– Je n'avais pas l'intention de vous réveiller, marmonne-t-il entre ses dents.

– Vous voyez, vous êtes déjà venu. Lait ? Sucre ?

– Les deux.

L'homme n'a plus l'habitude de parler. Il fait fondre le sucre en touillant lentement le breuvage. Avale une gorgée. Ça ne vaut pas celui du Matin Nova mais ce n'est pas mauvais quand même. Et c'est gratuit.

– Alors vous habitez toute seule dans cette grande maison ?

Juliette hausse un sourcil. C'est quoi, cette question ? En quoi ça le regarde ? Est-ce que Lise a raison ? Devrait-elle appeler la police plutôt que de lui servir un café ? Mais appeler la police pour quelqu'un qui sent aussi mauvais et qui porte des chaussures en aussi piteux état, cela lui paraît déloyal.

– Je vous ressers ?

Il se rend compte qu'il a fini sa tasse en moins de temps qu'il ne faut pour le dire. Pas très poli, une fois de plus.

– Euh… non merci. Je dois y aller.

– Déjà ?

– Je ne voudrais pas abuser.

Un petit rire secoue les épaules de Juliette. Abuser ?

Il dépose doucement la cuiller sur la coupelle, lui

tend la main. Un geste qui remonte de son autre vie. Comme son père le lui avait appris, une poigne ferme, pas une main molle qui repousserait l'interlocuteur. Main solide, regard franc. Une recette qu'il a toujours appliquée avec ses clients. Aujourd'hui la main tremble un peu. Et le regard a méchamment perdu en intensité. Pourtant l'intention y est. La dernière fois qu'on lui a offert un café, c'était dans la rue, quelqu'un qui avait préféré lui filer du jus de chaussette dans un gobelet en polystyrène plutôt que de lâcher deux euros. Au cas où il en ferait mauvais usage. Tandis que ce café-ci mérite un merci par les yeux. Cette dame n'est pas jolie comme la serveuse du Matin Nova mais elle a le cœur sur la main. Et le cerveau un peu dérangé, il faut bien le constater.

L'homme est parti. Gilles. Elle a retenu son prénom. Il flotte dans la pièce une odeur de rance et de levure. Et aussi une sorte de tranquillité. Juliette s'assied dans ce silence où il était, avant qu'elle ne lui parle. Elle se demande où il va. S'il mange à sa faim. Ce qu'il faisait là. Si c'est de l'inconscience de l'avoir fait entrer. D'autant que, l'autre fois, il n'a pas eu besoin qu'on l'y invite.

Le soleil est descendu sur les champs. Juliette est restée assise longtemps. Un carillon chantonne. Les ombres s'allongent sur la plaine. Elle se remet à tricoter. Une maille après l'autre les rumeurs sortent de l'obscurité. Elles montent avec la nuit tandis que la campagne s'endort. Elles émergent des songes, les souvenirs s'immiscent. Et avec eux le frisson de sa jeunesse. Certains soirs elle peut encore sentir les caresses. Plus fort qu'avant. Avec plus de précision qu'au temps de sa vie d'épouse et de mère. Comme si ces réminiscences bâillonnées débordaient par les failles de sa mémoire. Elle ne peut pas se l'expliquer mais c'est comme ça. Ces caresses-là ont brûlé toute sa vie.

Elle se laisse dériver vers les premières fois. Toutes ces premières fois, le chemin vers la route, les effleurements du soir. Une période entièrement dévorée par la lumière. Un frôlement des épaules un peu plus appuyé et le cœur qui s'emballe. Un regard noyé dans le sien. Des matins qui tremblent au souvenir de lèvres furtivement posées sur les siennes. Un baiser dans son cou avant que la silhouette ne disparaisse au-delà des arbres. Des heures perdues, la tête dans les cailloux, à attendre qu'il revienne. Des yeux qui se cherchent, des lèvres assoiffées. L'abandon de toute certitude. Un corps qui la fait ployer d'une chaleur inconnue. Elle devient incollable en viticulture, se veut à la hauteur des conversations des adultes. Elle a dix-huit ans. Un grand cru, cette année, prédit son père. Dans sa bouche c'est un goût de groseilles qui éclot, sur sa peau les tannins boisés de la sueur d'un autre.

Cet été-là, et les mois qui ont suivi, Jean l'emmenait parfois, à la demande de son père. Elle connaissait l'exploitation mieux que quiconque. On était au début des années 1970, on se rendait chez les clients, on goûtait le millésime, on palpait le raisin, on allait sur place démarcher les restaurateurs et les particuliers, fidéliser les grossistes. Le père de Juliette n'aimait pas quitter le domaine et sa femme n'avait pas le goût du commerce, alors il envoyait Juliette avec Jean pour la tournée des acheteurs. Bordeaux, Nantes, Lyon, La Rochelle. Juliette avait deux vies. Une à la ferme et une au milieu des vignes maintenant qu'elle avait décroché son bac, l'autre dès qu'elle montait dans la voiture de celui qui occupait toutes ses pensées sitôt qu'il l'avait quittée.

La route défile sous leurs yeux, elle est à peine capable de prononcer un mot. Subrepticement il effleure le bas de son dos pour lui ouvrir la portière. Plus tard il la quitte sur le seuil de sa chambre d'hôtel, une étreinte épicée comme les notes capiteuses du vin, poivre, cannelle, une pointe de framboise. Les yeux grands ouverts dans le noir, elle espère qu'il viendra toquer à sa porte. Son corps enfin sur elle la broie de désir. Ils se séparent après s'être embrassés de nouveau dans la lumière de l'aube. Ses pas furtifs glissent hors de sa chambre, se faufilent dans les couloirs déserts. La rumeur se répand vite, le monde est petit, même à des centaines de kilomètres. Demeure la peur de croiser une connaissance qui surprendrait leurs doigts qui se cherchent, s'entrelacent, n'en peuvent plus de devoir s'éviter.

Et puis le retour à la ferme et la tentative inquiète de masquer le pourpre à ses joues, la morsure à ses lèvres. C'était à force de goûter le vin sans doute, le rouge rubis qui s'incrustait dans les sillons pulpeux. Les papilles pleines du pinot noir qu'ils proposaient aux distributeurs, sa robe brillante et intense, les arômes de fruits rouges et de réglisse, la finale de bouche tout en fraîcheur. Jean la déposait et elle sortait de la voiture en esquissant un petit signe d'adieu, claquait la portière avec une désinvolture surjouée. À peine Jean démarrait-il que Juliette se noyait dans le bruit du moteur. Il la hantait déjà. Il partait retrouver l'autre, qui l'attendait pour mettre en route le repas, l'autre avec qui il avait trois enfants. La jeune fille jugulait la jalousie épouvantable qui s'emparait d'elle. Elle, c'était l'amante, la déviante, la fautive, elle ne pouvait pas le vouloir tout entier, l'époque ne permettait pas qu'on quitte sa femme sans briser sa carrière et sa réputation. Et pourtant. Elle ne supportait pas cette vie vers laquelle il repartait, familière, quotidienne, où aucune flamme ne venait soulever ses nuits, il le lui avait répété cent fois. Mais elle aurait voulu l'odeur partagée d'une chambre à eux, les traces laissées par ses lèvres sur une tasse au matin, la sueur sur son linge mêlée à ses robes. Elle rentrait à la ferme et reprenait sa vie. Un pari impossible, les journées monotones où elle s'oblitérait tout entière pour ne rien risquer de trahir.

Juliette se secoue, une amertume dans son vieux corps. Elle veut chasser la rumeur à présent, s'éveiller de ces songes au ressac doux-amer. Qu'y a-t-il dans ces heures affolées qui la captivent encore autant ? L'amour, oui, le désir, oui, mais en dessous, plus au fond, comme incrusté dans ses lignes de vie ? De quoi, de qui cherche-t-elle à s'approcher ? Elle n'a pas envie de dormir, elle n'a pas envie de tricoter, elle veut se défaire de cette impression d'inachevé et de trame décousue. Il faut qu'elle renoue avec ce mauvais tournant, oui, ce moment où, le cœur en berne, elle a renoncé pour tout laisser filer. Lise, elle aussi, a bien dû faire avec cette mère-là, cette femme annihilée au nom de la morale. Cette mère alourdie par un secret qui datait d'avant même que Lise soit née, dont personne ne savait rien, qu'elle a enfoui au plus profond de sa mémoire et qui pourtant, Juliette en est sûre, a accompli son travail de sape. Quelle aurait été sa vie si elle avait eu le cran de faire voler en éclats les interdits et le qu'en-dira-t-on ? Meilleure ? Pire ? Quelle aurait été celle de Jean ? De sa femme, de ses enfants ? Elle se prend parfois à l'imaginer. Referme aussitôt la porte, même aujourd'hui. Le vertige est immense.

*

Gilles est assis sur un banc où il vient rarement. Il n'a pas bougé de toute la journée. Les yeux accrochés au bitume, il ne remarque ni les enfants qui sautent dans les flaques, ni la statue au milieu du square, ni les grands hêtres pourpres qui se déhanchent dans le vent. Une fatigue tentaculaire le prend de plus en plus souvent par-derrière, il la sent, elle lui grimpe dessus comme une bête. Une pluie fine fait frissonner l'eau du bassin où nagent quelques poissons. Il n'y prend pas garde. Son cerveau peine à faire le tour des problèmes qui ont envahi l'espace public. Vraiment, le monde entier part à vau-l'eau. La crise sanitaire, les Gilets jaunes, les attentats, les manifs, les grèves, les guerres, les réfugiés, le réchauffement climatique. Les passants, du coup, sont encore plus sur la défensive, surtout depuis cette crasse de virus, il voit bien la différence. On a beau avoir ôté les masques, chacun reste sur son quant-à-soi, on passe à côté de lui sans lever la tête.

Un pigeon s'approche, grignote quelques miettes tombées à ses pieds. Lui au moins peut encore manger dans la rue sans qu'on le regarde de travers. Les gens, d'ordinaire, ont une solution de repli. Un foyer, un lieu où poser leur carcasse en fin de journée. Un petit coin à soi, un terrier, un abri, même les animaux y ont droit. Lui, son seul refuge, c'est le Matin Nova. Mais voilà, dernière nouvelle : le Matin Nova a plié boutique. Le bistrot n'a pas survécu à la énième crise. Il y a une affiche sur la devanture : ils vont mettre un fast-food de tacos à la place. Des tacos, sérieusement !

Des heures qu'il est assis là, qu'il ressasse indéfiniment, tente de se lever, s'affale de nouveau. Il n'a rien vu venir. Il est arrivé au petit matin comme d'habitude et c'était fermé, voilà tout. Volet métallique baissé, c'est comme si on avait bloqué l'interrupteur qui lui sert de démarreur. L'instant d'après, il se demande où va aller bosser la jolie serveuse. L'a-t-on prévenue à temps ou lui a-t-on simplement dit de rentrer chez elle ? Il n'en peut plus de faire tournicoter les hypothèses dans sa tête. Il ne parvient pas à se secouer, il pourrait se fossiliser jusqu'à ce qu'on l'embarque.

– Hé ! mec !

Une voix dans son dos, toute proche. Gilles ne se retourne même pas tant il a perdu l'habitude qu'on lui adresse la parole. La voix insiste.

– Mec, t'es sur ma zone, là.

Gilles pivote légèrement les épaules mais cette seule rotation de son buste l'épuise. À peine le temps de s'y reprendre une seconde fois, l'autre a atterri sur le banc, tout près de lui, presque sur ses genoux. Le jeune gars enfonce son regard dans le sien, menton à hauteur de nez, un visage d'angles et de cicatrices.

– Ma zone, tu vois. Mon périmètre.

Et il se lève, vacillant, esquisse un geste enveloppant le square. La statue, les arbres, les poissons, les oiseaux, le palais.

– Chez moi, pas chez toi.

Celle-là, en dix ans, on ne la lui a jamais faite. Sa zone

à lui, Gilles, c'est partout, c'est nulle part. L'autre soudain fronce le nez.

– Hé, mais je te reconnais, toi !

Il plisse les yeux, se penche dangereusement vers lui. Gilles craint que l'individu ne lui mette un coup de boule, mais non, il se rassied, s'appuie au dossier, passe un bras derrière le banc, dans son dos, puis il sourit aux tilleuls, ses tilleuls, donc, dont une feuille d'un joli vert tendre tombe en tourbillonnant sur ses cheveux en bataille.

– T'es ce gars-là, pas vrai ? Celui qui a fauché la gamine et sa mère.

Gilles rentre la tête dans sa capuche. Même avec cette barbe, même aussi sale, il y en aura toujours un pour le reconnaître.

– Tu sais que les autres ils causent de toi, au foyer.

Ça y est, Gilles le remet. Il a déjà croisé ce type au refuge de Marc. Nerfs en boule, entailles sur la joue, dégaine famélique, l'existence ne l'a pas gâté, ça saute aux yeux.

– Paraît que tu rôdes chez les vieilles. Pas que les vieilles, même. Déconne pas, mec, ils vont te rapatrier en taule, vite fait. Hop, au trou ! Les stalkers ont pas bonne presse de nos jours.

Le regard de Gilles reste vissé au pavé. L'autre poursuit d'une voix nonchalante :

– À ce qu'il paraît c'est le remords qui t'a foutu dedans. D'après ce que disent les copains. Lâche du lest, vieux. On fait tous des conneries. Chienne de vie, va.

Il lui tapote l'épaule d'un geste paternel. La commisération de ce grand gamin mal emmanché amorce un craquement dans la cuirasse de Gilles. Il lève un sourcil de sous sa capuche.

– Et toi alors ? C'est quoi ton excuse ? Pour la rue ?

– Mon excuse ? De quoi c'est que tu veux que j'm'excuse ? J'm'excuse pas, frère. Tu t'excuses, t'es mort.

Le jeune homme sort une bouteille planquée sous son pull, dévisse le bouchon. Avale une gorgée de liquide transparent, secoue la tête dans un grognement, offre un coup à son compagnon d'infortune.

– Tiens, ça vide l'esprit.

Mais cette tentation-là, Gilles lui a définitivement fermé la porte. Boire un coup, même un seul, ce serait les trahir une seconde fois. Quand l'envie pointe le bout de son nez, il applique sa recette : fuir, marcher, marcher, marcher. Jusqu'à présent, ça ne l'a jamais rattrapé. Il se redresse et décampe, laissant l'autre à son goulot.

C'était un jour ordinaire. La pluie tombait, tenace et grise, sur un petit matin de décembre aux allures mélancoliques. La température était trop douce pour la saison. Il était las de la médiocrité de son existence. Pourtant il n'avait pas à se plaindre. Il avait une fille de quinze ans qui avait été une enfant adorable et qui, pour une adolescente, était restée plutôt mignonne. Une femme qu'il avait aimée, au début. Un boulot stable et tranquille dont il avait gravi les échelons de promotion en promotion, à force de persévérance. L'emprunt de la maison se remboursait sans inquiétudes. Il n'avait pas le stress des indépendants et sa fonction s'avérait plus ou moins à l'abri des crises et des licenciements massifs que connaissaient d'autres secteurs. Il avait même créé de toutes pièces une méthode informatique d'anticipation des bugs logistiques, très appréciée par sa hiérarchie. On l'envoyait la dispenser sur d'autres sites, ce qui lui permettait de voir du pays, logé et nourri aux frais de l'entreprise. Les bons jours, il parvenait à se montrer motivé et entreprenant, même si forcer le sourire lui provoquait régulièrement des crampes aux zygomatiques.

Au fil du temps cependant, ces rouages parfaitement rodés avaient fini par lui donner un cafard épouvantable. Il avait beau se frotter les tempes, se servir un énième café à la machine de l'étage, l'oppression s'infiltrait partout, une léthargie rampante que certains matins il avait bien du mal à secouer. Un ennui silencieux aussi sournois qu'un cancer. Il se mit à tourner en rond dans une existence trop bien huilée et sans soubresauts, pris dans des barreaux sans cage comme n'importe quel type de la classe moyenne qui ouvre trop tard les yeux sur le fatal métro-boulot-dodo. Et maintenant il ne voyait plus comment passer au travers des grilles, comment sortir du train. Secrètement, il arrivait qu'il espère un drame, un accident, une calamité. Que quelque chose le réveille et le sorte de la torpeur. Il épiait les nouvelles en boucle. Quand une tragédie surgissait, pour quelques heures il se sentait enfin concerné. Il pensait parfois à tout envoyer valser, peut-être même à se faire porter disparu. Mais on ne bouscule pas si facilement un ordre aussi méticuleusement établi. Il avait travaillé dur pour la vie qu'il menait et ça faisait mal d'admettre que finalement, tout ça, c'était du pipeau. Il n'était pas vraiment déçu. Il était lessivé. De ce qu'il faut de courage et de ténacité pour simplement mener sa barque. Pour montrer patte blanche, se dégoter une existence acceptable. La voiture. La maison. Les vacances. Se lever. Prendre sa douche. Se raser. Préparer le petit déjeuner pour sa fille et sa femme. Conduire Chloé à l'école. Patienter dans les embouteillages. La vie lui paraissait cette succession sans fin de tâches à accomplir mécaniquement. Les yéyé de sa jeunesse étaient loin, il avait repris l'habitude de se faire couper les cheveux, les copains s'étaient tous rangés, son embarcation était à sec. Quand le dégoût lui grimpait dans les os, certains soirs, il se resservait un verre. Puis un autre, car en effet, gorgée après gorgée, l'atmosphère reprenait des rondeurs. Les murs retrouvaient un rien d'éclat. Sa femme aussi.

Au boulot, il s'était mis à trouver des excuses. Il inventait de menues raisons pour ne pas rejoindre ses collègues à la cantine de l'entreprise. Un rendez-vous, des papiers à signer, il s'arrêtait à la supérette et buvait seul dans sa voiture. Parfois il s'asseyait sur un banc, le long du canal, sa canette à la main, il regardait criailler les oies et passer les bateaux. Il finissait par se sentir en phase avec les brassées du courant et trouvait le courage de retourner au turbin pour faire face aux marges bénéficiaires et aux certificats de conformité.

Il lui arrive de se demander s'il aurait pu tenir jusqu'au bout sur ces rails monochromes et dans cette vie préprogrammée. Il avait cinquante ans à l'époque, douze années à tirer jusqu'à la retraite, et encore, si tout allait bien. Il décomptait déjà les jours, les heures, une habitude qu'il a gardée. Il rêvait d'un embrasement, d'un coup de foudre, mais rien ne venait sinon les reflets rougeoyants de l'abat-jour sur la robe du vin. Certains soirs, quand il déambule, quand la lumière du soleil couchant scintille dans les vitres des immeubles et que la ville s'endort, il repense à cette existence terrassante d'ennui. Un vent de liberté lui gonfle la poitrine. Il a quitté le navire. Il marche librement dans la nuit naissante. Cela dure quelques instants. Inévitablement le charme finit par se rompre. Ces rares moments ne valent pas une famille, un foyer, une conscience tranquille. Et ne remplaceront jamais, surtout, la vie d'une petite fille.

Un visage lui revient, des yeux éperdus. Une silhouette de vieille dame aux gestes discrets.

Il frotte sa barbe mal rasée. À force de n'avoir pas de miroir il oublie de quoi il a l'air.

2

Le soleil à travers les rideaux vient chatouiller le visage de Juliette, la lumière douce d'un matin de printemps. L'inclinaison des rayons est idéale pour la saison, une année solaire, songe-t-elle, qui promet les arômes d'un bouquet harmonieux, tiens, cette année on pourrait espérer des notes de fraise et de pruneau. Mais il y a autre chose qui lui pique le nez, les tannins enfouis sous le fruit frais, une touche saline, un peu amère, qui vient de loin. Juliette se racle la gorge sans parvenir à chasser ce tracas d'avoir perdu quelque chose, se lève. Elle se redresse, épie à travers la vitre en direction du jardin. Le soleil fait scintiller la rosée sur la végétation et les touffes d'herbe de la pelouse mal tondue. Une forme incongrue attire son regard, là, juste en bas. Elle enfile un peignoir et descend.

L'homme est là, de nouveau, sur la terrasse. Elle l'observe à travers la porte-fenêtre. Un tic lui déforme la joue, ses mains tremblent contre son pantalon, elle les voit s'agiter comme des marionnettes. Elle le reconnaît, c'est lui, il est déjà venu. Le même nez que son père. Une haute stature, de grands yeux doux. Elle fait coulisser la porte pour le laisser passer. Il fait un pas vers elle, un peu vite au goût de Juliette ; elle hésite puis le laisse enjamber la petite marche et pénétrer dans son salon. Il se tient là, debout, à fixer les semelles de ses chaussures. Ou de ce qu'il en reste.

– Eh bien, venez, asseyez-vous ! Vous avez trouvé facilement ?

Juliette se demande ce qui lui prend de poser cette question. Il est déjà venu, elle ne pourrait plus dire quand, les jours se noient dans les semaines, dans les saisons. Brusquement il ouvre la bouche.

– Vous avez un café ?

Il demande ça de but en blanc tout en gardant les yeux rivés à la table. Juliette est un peu surprise. Oui, bien sûr, elle peut faire un café, elle garde en permanence un paquet fraîchement moulu dans sa cuisine. Au cas où.

– Merci, dit-il en soupirant, et ses épaules descendent d'un cran, il est visiblement soulagé.

Que s'est-il donc passé dans la vie de cet homme pour qu'un café lui soit d'un tel secours ? Juliette se dirige vers la cuisine pour le lui préparer. Elle est soucieuse de bien faire mais renverse de la poudre sur le plan de travail, se coupe en ouvrant la boîte de lait. Et ce robinet qui fuit, qu'elle ne parvient plus à fermer. Elle arrange deux tasses sur le plateau argenté, lait, sucre, soudain elle se rappelle ça, qu'il prend les deux. Elle transporte le tout avec précaution vers la salle à manger et le dépose sur la table. L'homme s'empresse de saisir une tasse, la porte à ses lèvres, ferme les yeux. Juliette l'examine avec un sourire. Elle aspire à son tour une gorgée, elle qui ne prend plus jamais le café avec personne : ses amies ont disparu, on dirait. Elle se sent bien, tout d'un coup. Lise, elle, ne supporte plus la caféine. Alors c'est bon, ce breuvage matinal en compagnie de ce grand pouilleux.

– Vous avez faim ? ose-t-elle encore.

Secrètement, elle espère qu'il dira oui. Pourquoi donc ressent-elle le besoin de nourrir cet inconnu pas très net ?

Il chasse une mouche du rebord de sa tasse.

– Un peu, oui. Je n'ai pas beaucoup bougé ces derniers jours. Ils ont fermé le Matin Nova, vous voyez. J'y buvais mon cappuccino chaque matin. Là, avec ce volet baissé, je ne sais plus comment m'y prendre.

– Ah ! Et sans vouloir vous paraître, euh, trop curieuse, vous vous y prenez comment d'habitude ?

– D'habitude ? Disons que… alors… j'emporte avec moi le gobelet du Matin Nova et je m'assieds par terre, pas longtemps, une petite heure, de quoi récolter quelques pièces. Mais vous savez, depuis la pandémie, les gens pressent le pas en déviant le regard. Moi je dis que ça en a changé des choses. Ils ont peur de me toucher, de devoir s'approcher, ou pire : que nos doigts entrent en contact en me donnant la pièce, ils gardent leurs mains bien serrées au fond de leurs poches.

Il n'a jamais prononcé autant de mots d'un coup, songe Juliette. Elle ne comprend pas tout.

– C'est peut-être à cause de l'odeur.

– Pardon ?

– Oui, si les gens évitent de vous toucher, c'est peut-être à cause de l'odeur. Vous ne sentez pas très bon. Si je peux me permettre.

L'homme, par réflexe, soulève un bras, respire son aisselle à travers son anorak troué.

– Non, vous n'y êtes pas, ajoute-t-elle. Ce n'est pas juste là. C'est… partout, dit-elle plus bas en éventant l'air de la main.

L'homme hausse les sourcils. La rue lui colle à la peau. La crasse s'accumule sous les ongles, derrière les oreilles, dans les coutures de ses vêtements. Il prend une douche par semaine au foyer de Marc. Manifestement, cela ne suffit pas. Et là, ça doit faire au moins quinze jours. Dans la rue son odeur se mélange à celle des pots d'échappement et des poubelles, se dilue au grand air. Il se doute qu'il ne sent pas la rose. Mais ce n'est pas tout à fait pareil d'en être conscient dans l'absolu et de se l'entendre dire par quelqu'un.

– Ne le prenez pas mal, ajoute Juliette, il y a pire que de sentir mauvais.

Elle lève les yeux au plafond. Il y a pire, en effet, comme les idées qui s'immobilisent et macèrent, les pensées qui ne veulent plus danser. Comme les mots qui s'écrasent dans le vide, quand seul reste le corps dans l'instant présent, oublieux d'où il se trouve. Comme des bottes crottées parce qu'on s'est égarée dans les champs, perdue comme une gamine. Ses pensées dévient vers l'enfant qu'était sa fille et dont la sueur aigrelette envahissait la cuisine lorsqu'elle rentrait après avoir roulé à vélo et couru dans la forêt. Juliette l'envoyait prendre un bain et mettre des vêtements propres avant que son père ne rentre et ne la trouve dans cet état. Félicien n'aimait pas l'odeur des bois ni celle des champs, encore moins sur sa fille. Il préférait les dictionnaires et les bureaux bien rangés. Elle regarde de nouveau l'homme, quelque chose lui revient à l'esprit. De quoi lui parlait-il, avant cette histoire d'odeur ?

– Que disions-nous ?

– Que je sentais mauvais.

– Non. Juste avant.

L'homme hésite à son tour.

– Vous m'avez demandé si j'avais faim.

Il a faim, certainement. Soudain les traits de Juliette s'illuminent.

– Voudriez-vous prendre une douche ?

L'homme baisse les yeux vers ses mains, ses ongles noircis. Elle a encore un peu de suite dans les idées. Et puis c'est vrai, ça ne lui ferait pas de mal.

– Vous êtes sûre ?

La mouche est toujours là.

– C'est en haut, il y a des serviettes dans l'armoire à côté du lavabo. Et des vêtements de mon mari dans le débarras, en face de la salle de bains, sur la penderie de droite.

Son esprit bute sur quelque chose, elle n'est plus certaine de l'à-propos de sa suggestion, ni que les habits de Félicien se trouvent bien là.

– Votre mari ?

Dehors les nuages s'amoncellent, on dirait un ciel d'automne. Juliette relève la tête. Où en était-on ?

– Ah, ne vous inquiétez pas ! Il ne vous dénoncera pas. Il est mort.

L'homme se lève et elle se demande si elle devrait l'accompagner. Par pudeur, elle se retient, l'observe monter les marches de l'escalier vers l'étage. La silhouette est familière. Son père ? Un chat est entré par la porte-fenêtre, beige et roux. Il vient humer ses pieds, lui tourne autour puis d'un bond saute sur ses genoux. Elle pose la main sur le pelage soyeux et aussitôt il se met à ronronner. Il la connaît, probablement. Elle tourne la tête vers les champs, le rayonnement au-delà de la fenêtre la replonge dans le temps infini. La terre n'a pas d'âge, les sillons du labour s'étirent jusqu'au domaine de la ferme Meyer. Elle se rappelle que l'homme a faim. Elle pourrait lui préparer des œufs avec du lard. Peut-être que Jean passera la voir, qui sait, quand il en aura fini avec ses propres terres.

*

Une serviette nouée autour de la taille, Gilles regarde autour de lui, légèrement désemparé. Sur le sol, ses vêtements forment un tas croûté qui contraste avec la salle de bains un peu vieillotte et le papier fleuri qui recouvre les murs. Il passe la main dans sa barbe emmêlée, embarrassé par ce que lui renvoie le miroir. Au foyer de Marc, il n'y a pas de glace. Il aperçoit bien son reflet à l'occasion mais ce genre de face-à-face est rare, les yeux noirs et concaves comme des billes sorties d'un trou, la peau grumeleuse, les cheveux sans couleur. La buée adoucit un rien les contours. Il s'est permis une douche bien chaude et la salle de bains fume comme un sauna. Il se sent mollir dans une tiédeur qui le rend vaguement nauséeux.

Il fait glisser la porte de l'armoire fixée au-dessus du lavabo. Des crèmes, des poudres, deux tubes de dentifrice emballés. Pas de mousse à raser, même périmée, évidemment. Sur la tablette du milieu, quelques plaquettes de médicaments. Il les inspecte, les rapproche de son visage, décidément il ne voit plus grand-chose, même d'aussi près. Des antidouleurs, des somnifères, des calmants. Il frotte la poussière accumulée sur les emballages, la dame ne doit pas s'en servir très souvent. Il s'empare de deux, trois plaquettes, on ne sait jamais, si les temps devenaient trop durs. Ensuite il ramasse ses vêtements, les fourre dans son sac à dos et se dirige vers la pièce indiquée par Juliette, en face de la salle de bains. Ça lui fait plaisir, il ne sait pas pourquoi, de se promener à moitié nu au milieu du couloir. Une impression d'être chez soi, de vaquer à sa vie sans s'inquiéter des regards. Une sensation de fraîcheur sur la peau. C'est rare.

Il ouvre la porte. Dans la penderie sont disposés des pantalons, des chemises, des vestons parfaitement repassés. Il choisit au hasard un jean, un pull et une chemise, les emporte dans la salle de bains, les enfile. C'est un peu juste, il se fait l'effet d'un clown. Bon, il pourra toujours les revendre. Ses vêtements ont laissé une marque sur le carrelage. Il prend soin de l'essuyer puis replace les serviettes à leur place, bien alignées, donne un coup d'éponge sur les parois de la douche, remet le savon sur le présentoir. Ni vu ni connu, aussi discret qu'un fantôme.

Il descend et aperçoit Juliette dans son fauteuil par la porte entrouverte du salon. Elle regarde vers les champs, les poings serrés sur sa robe, un chat sur les genoux. Il se sent à l'étroit dans cette chemise boutonnée, dans les vêtements d'un homme disparu, gêné par un parfum de naphtaline. Il traverse le hall et ouvre la porte d'entrée, la poignée grince, il sort puis la referme avec précaution. Les nuages sont bas, le ciel grisonnant, l'air frais lui entre dans les poumons comme une bouffée de liberté et il se sauve comme un voleur.

*

Juliette, deux œufs dans chaque main, a les doigts crispés comme on fronce les sourcils. Elle s'apprêtait à les cuire, probablement, les œufs c'est fait pour ça. Mais pour qui ? Elle est quasiment certaine d'avoir parlé à quelqu'un, quelqu'un qui avait faim, il reste dans son esprit la trace d'une conversation embarrassée et malodorante, l'image fuyante d'un grand homme barbu. Jean aurait-il tellement changé ? Elle tâche de se détendre, les coquilles d'œuf ça se casse, comment pourrait-elle oublier...

Elle a neuf ans, dix peut-être. Il a fait très chaud, la nuit est tombée. Son père lui a demandé de porter de l'eau aux poules, surtout à celle qui est en train de couver. C'est un grand poulailler, elle avance à tâtons dans l'obscurité, traverse la cour de la ferme, remplit le seau au robinet encastré dans le mur de la grange. Elle reprend le sentier qui mène aux étables. Elle connaît le chemin par cœur mais le seau est lourd pour ses petites mains et les aspérités du terrain malmènent ses chevilles. Elle arrive enfin, dépose le baquet à ses pieds et pousse le battant. La poule qui couve sommeille à sa droite, à quelques pas d'elle. L'animal a dédaigné le perchoir pour se lover dans un creux de paille à même le sol. Juliette la repère dans la pénombre. Depuis quelque temps elle dodeline nonchalamment ses rondeurs, caquette d'aise, remue à l'occasion son arrière-train sur le ballot tout chaud mais ne bouge presque plus de sa couveuse de fortune. Pour l'heure, comme toutes les autres, elle dort. Juliette soulève le seau avec effort et pénètre dans la cahute. Elle s'avance d'un mètre à peine et bute sur quelque chose qui la fait trébucher. Elle tente de se rattraper au grillage mais déjà le récipient se renverse et tombe à ses pieds. L'eau se répand à terre d'un coup et inonde le nid douillet. La poule sursaute, s'éveille affolée et se met à voleter dans les jambes de Juliette. L'enfant, du haut de son mètre trente-cinq, perd l'équilibre et atterrit sur l'œuf abandonné par la géline. Il se casse dans un *crac* qui lui fend les oreilles et la trempe instantanément de sueur. Qu'a-t-elle commis ? Son sang ne fait qu'un tour. La poule s'approche et entreprend aussitôt de becqueter l'œuf brisé. Juliette inspecte la paille à tâtons et forme de ses mains une petite coupelle pour recueillir ce qu'il reste de l'œuf sur son couffin bruni. Elle n'ose pas regarder, elle le tient serré contre sa poitrine et souffle très doucement d'une haleine chaude sur le précieux ballotin. Dans le clair-obscur, elle aperçoit une bêche mal rangée en travers du couloir. Quelqu'un a dû l'oublier et c'est ce qui l'a fait trébucher. Elle sort de l'enclos et reprend le sentier en sens inverse, retraverse la cour en se retenant d'appeler sa mère. Elle fait très attention à chaque pas, espérant encore que la petite créature ait été protégée. Dans ses mains, pas un pépiement, pas un claquement de bec. En rentrant elle découvre à la lumière le corps minuscule écrasé par sa faute. Elle dépose en sanglotant le désastre sur la table de la cuisine et s'applique à extraire délicatement le tout petit poussin de sa coquille. Il n'a pas encore de plumes. Son bec est mou, ses veines sont apparentes sous la chair rosée, ses yeux sont juste des billes miniatures recouvertes d'une fine membrane. Tant bien que mal elle détache les morceaux d'écaille de la peau translucide dans une ultime tentative pour le sauver. C'est trop tard, ou plutôt c'est trop tôt, il n'est pas assez formé, il est probablement mort au moment où sa coquille s'est fendue. Les poussins naissent avec un diamant sur le bec, c'est Jean Meyer, le nouvel associé de son père, qui lui a expliqué ça, c'est ce qui leur permet de casser l'œuf pour sortir. Elle observe la tête, ne voit aucun diamant, il était trop petit pour s'extraire tout seul, il n'est… sorti rien qu'à cause d'elle, et maintenant il est mort.

Son père pose une main sur sa tête.

– Allons, ce n'est pas si grave.

Sa mère quitte la pièce et revient avec une boîte à chaussures. Ils y installent le minuscule cadavre avec la paille et les restes de coquille. Elle ira demain avec son père creuser un trou dans les champs. Elle lui fera une prière. Même si, c'est aussi Jean qui le lui a dit, au fond personne n'est sûr que quelqu'un les entend, les prières.

Les deux œufs sont toujours coincés dans ses poings serrés. Ah oui ! quelqu'un avait faim, mais il semble qu'il n'y a plus personne. Où sont-ils tous passés ?

Elle aussi, elle avait fabriqué un petit œuf, elle ne sait plus quand. C'était juste avant Lise, ça oui, un peu avant. Un œuf avec un minuscule poussin dedans. Elle y songe, parfois. Plus souvent qu'avant, plus que quand elle avait toute sa tête. Il vient piailler dans ses rêves, on dirait qu'il se glisse par là où la mémoire se perd.

D'où se réveille-t-il ? De quelle nuit lointaine ? Elle l'avait si bien caché à tout le monde, elle aurait même pu croire qu'elle l'avait oublié. Elle lui avait donné un nom, pourtant, un tout petit nom rien que pour eux deux, un nom d'oiseau à sa mesure. Il était plus insignifiant que le poussin de son enfance, plus tard elle avait tenté de calculer les semaines écoulées avant qu'on ne le lui prenne. Elle ne l'avait jamais senti bouger, c'était bien trop tôt, mais dans sa tête il piaffait déjà, dans son cœur une bourrasque. Elle perdait le souffle, rien qu'à imaginer qu'il faisait son nid là, à l'intérieur, elle en frissonnait de bonheur et d'angoisse. La date d'arrivée de ses règles était passée depuis des jours, elle était fatiguée et nauséeuse, les odeurs lui retournaient le cœur. Elle appuyait sa main en dessous du nombril et tentait de toucher ce petit feu qui palpitait. Il n'avait pas eu le temps de lui arrondir le ventre. Elle ne l'avait abrité qu'une toute petite saison. Pas même un printemps. Il était passé, on disait ça, à l'époque, on les faisait passer, on chuchotait ça comme d'un rien qui s'en va. On les amenait chez la faiseuse d'anges et voilà, ils passaient. Parti sans laisser de trace, comme s'il n'avait jamais existé. Pourtant c'est bien cela, il n'était pas né mais il avait existé, et malgré les trous à sa mémoire, ou grâce à eux, voilà qu'il venait balbutier dans le silence avec les ombres de sa vie. Un poussin sans plumes, un petit hippocampe accroché par le nombril à ses entrailles. Elle aurait voulu lui expliquer, elle n'avait jamais osé, il était là tapi en elle comme une étoile de mer sous un rocher de corail. Peu à peu cette chose infime avait pris toute la place, que faire, que dire, à qui le dire, ne pas le dire, combien de temps attendre ainsi, comme si de rien n'était, puis voir, oui mais voir quoi, rester, s'enfuir ? Attendre que ça passe ? Que ça pousse ? Que ça sorte ?

Juliette se revoit, si jeune, elle ne distingue que les contours, son ombre étirée sur le sol. Elle prend peur, et si le poussin vivait toujours ? Va-t-il grandir, va-t-elle gonfler, est-ce que cela va se voir ? Elle palpe son ventre mais non, rien ne bouge là-dedans, c'était un mauvais rêve, le plus exquis des cauchemars depuis la nuit des temps, ce petit poussin conçu dans les eaux claires d'une tendresse sauvage comme elle n'en connaîtrait plus jamais par la suite. Aurait-il eu les yeux bleus comme elle ? L'aurait-il appelée Maman d'une voix mélodieuse de petit garçon ? Aurait-il aimé la musique, le chocolat, les forêts, le bon vin comme son père ? Peut-être était-ce une fille ?

Les heures passent, la rumeur se rapproche, il chantonne dans le soir, le voilà qui caresse son vieux front et recueille la larme qui perle au bord de ses yeux. Elle n'a jamais pleuré pour lui. Ou peut-être que si ? Elle ne sait plus, quand était-ce ? Où était-ce ? Où est-il ? Il se décroche comme le font les pensées, le petit hippocampe avalé par les algues qui le cernent, l'aspirent, le gobent, le digèrent.

Voilà, vous pouvez vous rhabiller, mademoiselle. C'est fini. Il n'y a plus rien, peut-être n'y a-t-il jamais rien eu, c'est ce qu'elle se dit ces jours-là pour que les vagues ne l'avalent pas toute crue elle aussi. Elle ne regarde plus les gens dans les yeux, ce secret-là lui fait baisser la tête. Un secret qui la fait se courber alors que l'amour la rehaussait, mais à présent elle se plie vers le nombril, là où la chose n'existe plus.

3

Gilles a repris ses déambulations et ses routines, sans le Matin Nova, tant pis. Le pull de chez Juliette lui gratte les coudes mais, pour être honnête, ça le change, de porter des habits propres. Un pull en laine, ça remonte à loin. À l'homme qu'il a été.

Au fond il ne demande plus grand-chose à la vie. Cheminer encore un peu le long du canal, respirer l'odeur de l'herbe après la pluie. Voir le soleil se lever sur la ville quand le monde dort encore. Peut-être serrer une dernière fois sa fille dans ses bras. Écouter, le nez au vent, le crissement des trains et le pépiement des oiseaux. Tremper ses mains dans une fontaine.

Quand il marche, il retrouve des sensations de vivant. L'impression d'avoir encore la liberté d'aller quelque part. Il erre et expire, expie, transpire cette faute qui lui colle aux basques et l'a fait virer une fois pour toutes du côté des damnés. On ne peut pas être lavé d'une chose pareille. Mais il peut marcher. Il peut se diriger où bon lui semble, tourner à gauche, à droite, personne ne lui dit à quel rythme avancer, sur quel chemin, dans quelle case, il est seul maître à bord de son itinéraire.

Il s'assied dans un parc pour reposer ses jambes. Il reste là à regarder, les mères surtout, leurs visages attendris par la fatigue et l'amour. Il garde aussi un œil sur les enfants, sur leurs mouvements désordonnés, leur disponibilité totale à ce qui se présente, un brin d'herbe, un escargot. C'est affolant, l'imprévisibilité de ces petites créatures. Vous les attendez pendant des mois, des années, vous les fabriquez tranquillement, ils naissent, ils sont minuscules, ils ne sont rien sans vous, puis un jour c'est vous qui n'êtes plus rien sans eux. Il se rappelle sa fille à cet âge. Sur quelle plage vont ses pas aujourd'hui ? Derrière quel océan ? A-t-elle trouvé ce qu'elle cherchait ?

Il observe une maman qui mouche le nez de sa fillette et d'un coup le même cauchemar revient lui sauter au visage, cet instant cruel où elle a déboulé, tenant la poussette devant elle, jaillie de nulle part. Qu'est-ce qui la pressait, quelle contrainte, quel horaire, quelle urgence ? Une bonne nouvelle ? L'épuisement ? La colère ? Un rendez-vous ? Ça l'aurait tellement aidé, de savoir, de comprendre, d'écouter son histoire, sa version des faits. Elle n'a jamais pu lui raconter, forcément. Pourquoi traverser là, derrière un virage, sur une nationale sans aucun passage piéton ni même une piste cyclable ? Il aurait voulu lui rendre sa part, sa responsabilité, celle de s'être trouvée à cet endroit à ce moment sans avoir rien eu à y faire. Mais personne n'a jamais pu lui répondre. Les rares proches de la mère n'ont pu que balbutier quelques mots confus, non, ils ne la pensaient pas spécialement tourmentée, ni droguée, ni distraite à ce point. Ah oui ! elle était seule avec sa gosse, ça pouvait expliquer des choses, on peut comprendre, c'est usant d'élever un enfant dans ces conditions. Sinon, rien de spécial à signaler. Le procès s'était déroulé sans effusions, sans rebondissements, un ping-pong d'avocats et de témoins à la barre enchaînant les banalités. « Oh oui, c'était une femme adorable, et une si belle petite ! » Dix-huit mois. À peine le temps de découvrir les bras maternels et le clapotis de l'eau de la pluie sur les toits, la caresse du soleil sur ses mains potelées, les bruits du monde et l'ivresse des premiers pas, c'était tout. Ce qui revenait sans cesse, quand on évoquait cette femme courageuse et vulnérable, et surtout son enfant, ce qui se baladait dans toutes les têtes et se retrouvait dans les médias, c'était ce fameux gramme dans son sang à lui. C'est vrai, elles n'étaient pas au bon endroit, effectivement, elles n'avaient pas à traverser là, mais qui sait les réflexes qu'il aurait eus en d'autres circonstances ? Entendez : à jeun. Il avait pris trois ans ferme pour homicide involontaire. Il avait purgé sa peine. Mais la question, elle, la question sempiternelle de leur destin à tous les trois s'il avait été sobre, ne lui avait jamais laissé aucun répit.

Alors il veille, que ferait-il d'autre. Il regarde l'infirmière fatiguée, le couple qui s'aime, il s'assied près des enfants. Il veille et il marche. Ça ne sert à personne d'autre qu'à lui-même, évidemment, il n'est pas dupe. Mais toute considération pour sa propre personne a basculé dans ses godasses. Il ne se sent une légitimité que pour le strict minimum, tout ce qui dépasse lui donne la nausée, une sensation bizarre en lien avec le karma, l'univers, le Dieu d'avant, quand il était gamin, il n'a jamais pu mettre de mots dessus. De toute façon il n'a plus le courage d'autre chose. Se prendre en charge n'est plus à l'ordre du jour ; exception faite du Matin Nova, quand le journal ouvert devant son cappuccino lui donnait l'illusion qu'un jour il referait le chemin à l'envers. Et voilà que même ça lui a été enlevé. Il est devenu ce pauvre type à l'existence incertaine. Veilleur ou voyeur ? Où est la différence ? Il parcourt la ville, il erre pour tenir, gardien sans personne à garder, un damné de plus, il fallait réfléchir avant. Quand parfois une porte entrouverte l'invite à s'introduire comme un voleur, ce n'est pas juste pour grappiller quelques petites choses à se mettre sous la dent. C'est parce que se trouvent dans les frigos des plats préparés par des femmes, des pères, des grand-mères. C'est parce que la décoration des cuisines, des salons raconte une histoire, parce que des jouets traînent par terre. C'est pour les photos sur les murs, les cartes postales dans les tiroirs. C'est pour une odeur de soupe, de pâte à crêpes, pour la maison qu'il n'a plus et que seules ces visites nocturnes lui permettent de ne pas oublier tout à fait.

Et maintenant cet autre guet qui l'occupe. Un bris de verre dans les yeux d'une vieille dame au cerveau dérangé. Pas si vieille, au fond. Soixante-quinze ans tout au plus. Peut-être moins. Difficile à dire à cause de cet air d'enfant qu'elle attrape quelquefois et qui le bouleverse, qui lui rappelle un truc, la candeur, l'amabilité, l'indulgence, allez savoir.

*

Elle n'aurait jamais dû le leur dire. Elle aurait dû garder tout cela bien caché comme elle s'était promis de le faire. Et puis ça a recommencé, le vide, la confusion, elle s'est endormie dans le foin, dehors, s'est réveillée au beau milieu de la nuit, par terre. Elle a pris peur.

Elle ouvre un œil. Tout est noir. Ses bras sont engourdis. Ou est-ce la jambe ? Elle est allongée dans une obscurité totale. Ou bien elle est devenue aveugle, car ses yeux sont ouverts et elle ne voit rien.

Elle sait qu'elle ne sait plus. C'est une sensation troublante, elle ignore ce qu'elle devrait savoir. Un jour peut-être ne saura-t-elle même plus qu'elle ne sait plus. Cette idée la visite presque comme un repos. Mais pour l'heure elle est consciente que quelque chose manque. Il y a ces lacunes intermittentes, qui la terrorisent. Elle ne peut même pas saisir l'ampleur de ce qui cloche, c'est le problème. Est-ce plus grave que la veille ? Qu'il y a deux semaines ? Qu'il y a trois mois ?

Mais dans le fond, aussi, ça pourrait être pire. Elle fait sa lessive, tricote, nourrit les poules, nettoie sa cuisine. Parfois elle reste longtemps à regarder la pluie à travers la fenêtre, mais qui est-ce que cela dérange ? Et ils sont là à lui faire des reproches : « Tu perds tes choses, Maman, tu oublies tout, on te l'a déjà dit. » Plus ils insistent, plus elle oublie.

Cela dit, il y a des choses dont on ne prend même pas la peine de l'avertir, elle est formelle. Cherchent-ils à lui faire croire n'importe quoi pour se débarrasser d'elle ? Surtout François, son gendre. Elle ne l'a jamais beaucoup aimé, celui-là. D'ailleurs, il a beau être le père d'Hugo, ça crève les yeux qu'il lui fait peur. Il se montre dur, impatient envers le petit. Elle n'est pas complètement sénile, elle le remarque bien. Dès qu'il pénètre dans la pièce, Hugo rentre la tête dans les épaules. Ça ne peut pas être bon pour un enfant qui ne respire déjà pas comme les autres. Tout le monde courbe l'échine face à François, à croire qu'il décide de tout ; du reste, elle en est sûre, il s'est mis en tête de la placer.

Le jour pointe à travers les rideaux. Elle regarde les ombres façonner sa chambre. Il est tôt, certainement, mais tant pis, elle se lève, enfile son peignoir. Pourquoi donc Hugo rentre-t-il la tête en présence de son père ?

Ses mains ont un aveu à faire. Elle ne pourrait l'expliquer mais elle se sent un empressement à façonner, à faire surgir du silence. Elle sort comme une automate. Le soleil sur la pelouse abandonnée lui fait cligner des paupières. Après avoir traversé le jardin, elle pénètre dans l'ancien four à pain, baisse la tête pour ne pas se cogner au linteau avant d'entrer dans l'atelier. Les blocs de terre sont toujours là, secs sur l'établi, abandonnés depuis des mois à la poussière. Elle fouille à tâtons dans la jarre et en retire la petite clé qu'elle glisse dans la serrure de l'armoire métallique au rideau en accordéon. Sur les planches, le bloc de glaise de l'autre jour, toujours dans sa protection de cellophane. Il n'a pas bougé, il semble luire dans l'obscurité. Elle l'extrait de son abri et entreprend de le déballer. Ses mains connaissent quelque chose que sa tête ne sait plus. Ou n'a jamais voulu savoir. Elle mouille ses doigts au robinet encastré dans le mur, détache un morceau. Les sensations reviennent, l'odeur de terre mouillée et des fragments d'enfance. La pénombre et l'humidité lui entrent dans le corps. Elle malaxe la glaise, l'écrase sur le vieil établi, en fait une boule entre ses paumes. Une forme oblongue dont elle courbe les extrémités. Et voilà qu'apparaît un petit haricot enroulé sur lui-même. Elle fait sortir deux bourgeons de part et d'autre de l'axe central qui se détachent légèrement comme des papillons prêts à éclore. Elle marque un creux au premier tiers, tout autour de l'axe, et soudain il a des petits poings serrés et une tête minuscule penchée vers le nombril. Elle se prend à murmurer, en le faisant sortir de terre, des mots qu'elle ne comprend pas, venus d'un temps qui n'a pas existé. Un babillage issu de ce lieu sans paroles fait de borborygmes et d'inquiétudes, de fusion et d'espérance. Il roule entre ses doigts, trop petit pour être bercé, elle le fait danser dans sa paume, l'hippocampe infime modelé par sa chair il y a si longtemps. Elle aurait encore des choses à lui dire, elle le porte entre ses mains jusqu'à son cou puis se balance les yeux fermés, l'approche de ses lèvres. Elle va souffler sur lui, il va prendre vie et disparaître aussitôt, elle va lui dire que c'était court, bien trop court, mais quelque chose l'arrête, quelque chose échappe, les pièces manquantes du puzzle figeant ses gestes. Elle le reconnaît, en somme, il n'est pas tout à fait perdu, une part de lui est emmurée dans le silence, oui, mais une autre non, une autre part repêchée du néant, laquelle ? Elle l'ignore. Elle l'examine en souriant, ses petits poings serrés comme ça qui retiennent on ne sait quoi, comme si lui aussi avait encore quelque chose à lui confier, mais il doit le faire vite, avec cette mémoire qui fuit, sinon son mystère s'échappera dans les eaux qu'emporte déjà la marée montante, si tôt, si vite, elle n'a rien vu venir.

Alors elle souffle pour de bon sur les résidus de terre éparpillés sur la table et emballe son hippocampe dans un tissu humide, une couverture comme un linceul pour recouvrir l'enfant qui n'a pas pu venir.

*

On a mis des planches sur des tréteaux, déplié les bancs, étendu des nappes en papier sur lesquelles ont été déposés de petits bouquets de marguerites. Des feux brûlent dans des tonneaux aux quatre coins de la place, la nuit miroite dans la rivière. Une odeur de viande grillée a envahi l'atmosphère, portée par le souffle chaud d'un vent du sud. On ouvre des bouteilles. L'orchestre s'est installé sur une estrade et les enfants dansent déjà sous les lampions, le visage noirci avec des bouchons trempés dans la braise. Les ombres des flammes et du crépuscule dessinent les visages. Un tablier autour de la taille, Juliette passe entre les tables, un plateau en équilibre sur l'avant-bras et le corps à l'affût. On l'apostrophe de toutes parts, elle évolue dans cette effervescence avec la grâce d'un chat, elle fait ça depuis toujours. Tout le monde la connaît, on la hèle de partout. Elle sourit, prend les commandes, affable, jolie, personne ne se douterait de son regard rivé en permanence sur une table au milieu de la place, celle voisine de ses parents. Jean est attablé avec sa famille, un enfant sur les genoux, une main abandonnée sur la cuisse de sa femme, comme si de rien n'était. Juliette le cherche des yeux. Elle le trouve brièvement, l'évite, l'épie en vain. Elle se presse entre les rangées, le cerveau séparé en deux : d'un côté les bières, les limonades, les pains-saucisse et les assiettes de fromage, de l'autre la main de Jean sur cette cuisse étalée à ses côtés et le petit assis sur ses genoux le plus naturellement du monde. Elle se hâte, le diable au cœur. Elle voudrait repousser cette main, l'éloigner au moins de quelques centimètres, interrompre le contact familier des doigts vagabonds sur la cuisse qu'on devine avachie sous la robe. Une paume oubliée distraitement sur ce qui lui appartient, lui revient, sans questions, sans mystère, qui cloue Juliette dans l'impuissance. Elle est jalouse, le ciel rougeoyant de cette fin d'été lui dilate les veines et lui chauffe les sangs, les rires gras qui montent des tables, les cris d'enfants qui s'éteignent dans des bruits de pétards et d'accordéon.

Il doit se rendre à l'évidence : il s'en fiche, en fait. Il serait incapable, sinon, de rester assis là, tranquille. Elle n'est qu'une sorte de cerise sur le gâteau. Il la veut comme on veut le printemps, l'excitation de l'orage, l'odeur des blés après l'hiver. Il l'emmène, la dévore comme un pain doré et s'endort. Le lendemain il brosse quelques traces d'amour sur sa peau rassasiée. Il retourne au travail, à sa maison, à la longue droiture. Il sourit du coup de vent cueilli dans les étoiles et remercie les astres. Mais elle, cueillie aussi, elle ne retourne à rien. Elle s'en revient à lui sans cesse, à la pluie de baisers dans son cou, à la lumière aveuglante qui a pris possession de sa chair et l'étrangle de sa douce blessure. Elle attend la fois suivante, qu'il l'emmène encore. Mais il devra bien finir par le comprendre : son corps et son âme divorcent dans cette attente, entre les deux se glisse une amertume couleur de pluie, couleur de dimanche. Elle navigue là, dans l'entre-deux du désir et du mensonge. Sa vérité est un secret. Alors elle rêve qu'elle s'en va, loin, loin de lui, libre comme elle ne l'a jamais été. Elle s'en va de nulle part, en réalité, puisqu'il n'y a pas de lieu pour eux, leur amour est nomade, sans toit. Elle s'en va pour ne plus l'attendre dans ce non-lieu sans fin.

Elle pourrait partir étudier l'œnologie à Paris, elle a lu un article qui faisait l'éloge d'une excellente école, elle est douée, c'est Jean qui le dit, son père le dit aussi, elle sera peut-être prise.

Un autre regard posé sur elle la scrute de loin. Félicien. Elle ressent la gêne et l'avidité de cette attention maladroite qui voudrait s'approcher, qui la guette à distance dès qu'il s'imagine qu'elle ne le voit pas. Son désir transi la brûle d'un mauvais frisson, elle sait qu'il aimerait l'effleurer, juste ça, qu'il y pense la nuit, serré dans des draps moites. Il rêve de pouvoir la tenir contre lui, quand l'orchestre ralentira le rythme et que l'obscurité aura estompé l'acné de son visage. Il n'ose pas, il craint qu'elle refuse, qu'elle se moque, le prenne de haut, qu'elle lui tape familièrement l'épaule, elle si belle, elle qui semble ne dépendre de personne. Lui, il a besoin d'elle, besoin de respirer ses cheveux ou simplement d'entendre une parole qu'elle lui glisserait à l'oreille, d'échanger un regard, il lui est nécessaire de croire qu'elle sait qu'il est là. Il pourrait l'inviter à boire un verre, au fond qu'a-t-il à perdre, lui montrer enfin autre chose que ses pattes de mouche d'apprenti comptable, sa peau glabre, ses cheveux roux et son allure chétive. Il l'ignore mais Juliette est parfaitement au courant de son existence, elle connaît surtout de lui les qualités que lui vante son propre père, qui prévoit déjà de l'engager alors qu'il n'a pas encore obtenu son diplôme, bonne famille, sens des affaires, loyauté, précision dans le travail. Juliette s'en fout, qu'irait-elle faire, franchement, dans les bras d'un moineau éploré.

Quand ses souvenirs s'éclairent, quand la rumeur du tricot susurre, elle sait combien cette vie était bonne, comme elle était jalouse tout entière, pleinement à sa colère et pleinement à sa tâche, elle était cette jeune femme amoureuse et dévastée, complètement absorbée par une nuit d'été exquise et sans pitié. Elle voudrait tant revenir à cette veillée villageoise dont la clarté première lui tarde, son corps se mouvant au milieu de ces visages d'alors, la peau laiteuse et insolente, exposée sans réserve et dévorée d'un amour interdit. Mais la clarté retombe, les senteurs s'éloignent, subsistent les ombres, les formes affaissées, la main de Jean sur la robe voisine n'a plus d'importance, cela fait si longtemps, la folie décline.

*

Elle ouvre les yeux. Quelqu'un est penché au-dessus d'elle allongée dans son fauteuil, elle n'est pas sûre de le reconnaître. Le même nez que son père, un visage plaisant. Elle le regarde, interloquée.

– Vous parliez, dit-il, vous disiez quelque chose. Dans votre sommeil. Ça avait l'air de vous tracasser. Alors j'ai pensé qu'il fallait que je vous réveille.

– Je parlais ?

– J'ai fait du café.

Il lui sert une tasse. Il l'a fait bien fort, exprès. Juliette s'assied, perplexe.

– Et... que disais-je donc ?

Elle prend la tasse qu'il lui tend, avale une gorgée en silence.

– Je n'ai pas tout saisi, une histoire de Bretagne. D'une côte vers là-bas, faite de pierres précieuses ? Et de petits poissons. Enfin, vous savez, ces petits animaux marins qui ressemblent à des chevaux.

– Ah oui ! Des hippopotames. Non. Des hippodromes. Non plus.

Elle jette un œil vers le jardin. Vers les champs.

– Vous êtes là depuis longtemps ?

– Je ne sais pas. Vous dormiez.

Elle secoue la tête. Quelque chose ne tourne pas rond.

– Un instant, ajoute-t-il et il se dirige vers la cuisine.

Il revient avec deux assiettes sur lesquelles sont posés des toasts beurrés à la confiture et des œufs brouillés.

– Un peu froid, vous m'excuserez. Votre déjeuner.

Il dépose les assiettes sur la table basse, disparaît de nouveau, revient avec des couverts puis s'assied sur le sofa. Elle lève vers lui un regard interrogateur.

– Vous êtes venu pour m'aider ?

Elle plisse les paupières plusieurs fois de suite, semble chercher une réponse dans un lieu qui lui échappe.

– C'est Lise qui vous a engagé ?

– Lise ?

– Lise, ma fille.

L'homme semble réfléchir.

– Non. Je ne connais pas de Lise. Je viens parfois vous voir. Vous avez du bon café.

Juliette acquiesce. C'est vrai qu'il est bon. Elle l'a fait plutôt fort ce matin mais ça passe bien.

– Vous sentez un peu moins mauvais.

Voilà, elle se rappelle. Quand l'a-t-elle donc vu pour la dernière fois ? Elle pose ses mains à plat sur ses genoux, observe les couverts avec curiosité. Que faisait-on, avant, avec ces choses-là ? Doit-elle se nettoyer les dents ? L'homme, Gilles, a empoigné sa fourchette et s'est mis à manger avec appétit. Elle décide de l'imiter. C'est pas mal réussi, en fait. Lise a bien fait de l'engager.

Ils achèvent leur déjeuner en silence. De temps en temps l'homme redresse ses épaules, un souci marqué dans les plis du visage. Le bruit régulier de l'horloge accompagne le tintement des couverts. Le soleil perce le ciel obscurci et la lumière vient ricocher sur les assiettes. La clarté va et vient, et Juliette ne s'en inquiète pas. Elle aime bien la compagnie de ce grand homme silencieux, elle n'a pas à chercher les mots. Elle termine son assiette, s'essuie les doigts, est tentée de lécher la faïence pour récupérer les dernières miettes mais ne sait plus si on peut faire ça. Elle remarque que la nappe a changé, le mobilier aussi. Peu importe, les gens font ce qu'ils veulent après tout. La présence de l'homme lui suffit. Il se lève, lui prend son assiette des mains et emporte la vaisselle dans la cuisine. Un cliquetis de couverts, un placard qu'on referme. Un vestige d'odeur de pain grillé. Sa mère doit être penchée sur les fourneaux, à préparer pommes de terre, rôti, haricots pour les hommes occupés aux vendanges. Une image traverse Juliette, elle est en train de terminer ses devoirs, les cahiers étalés sur la toile cirée dans la cuisine du domaine. La pluie sur les tuiles du toit l'enveloppe de quiétude et de sécurité. Sa mère s'essuie les mains sur son tablier, baisse le feu, vient regarder par-dessus son épaule. Elle ne comprend pas grand-chose à ce qui est noté sur les cahiers, elle qui a quitté l'école à douze ans. Elle vérifie malgré tout, s'assure que tout est écrit proprement, que les feuilles sont en ordre, que Juliette a bien appris ses leçons.

C'est incroyable, l'acuité avec laquelle Juliette ressent tout. Les carreaux sur la nappe, les oignons qui frémissent dans le beurre. Elle pourrait lire l'écriture maladroite sur les pages. L'atmosphère est palpable, le bois de la table noirci par endroits, les mouches sur les pots de confiture, une imminence de souvenirs. Des souvenirs denses, forts, ce n'est plus le temps d'avant, c'était hier, c'est aujourd'hui. Une chose étrange que la mémoire. Elle file et voilà que dans les interstices surgit le passé avec une précision extraordinaire. Le père vaque à ses tâches, fait ses comptes, se sert un whisky. Le soir tombe et la mère clôt les volets, sort nourrir une dernière fois les animaux, Juliette entend la porte qui claque, la mère rentre, la fillette s'endort dans les bruits de la ferme et le murmure des grands rythmé par le fauteuil à bascule qui crisse d'avant en arrière.

Les champs, à perte de vue, sont verts et gris. L'homme réapparaît et lui demande si tout va bien, annonce qu'il va revenir, qu'il y a un peu de bricolage à faire, il doit s'occuper du robinet qui fuit. A-t-elle une caisse à outils ? En voilà une question. Oui, certainement, au pied de l'escalier de la cave, sur une étagère en métal, du moins si elle s'y trouve toujours. La porte est à côté de la cuisine. Elle l'entend descendre les marches, un pas lourd vers les entrailles de sa maison. D'accord, elle l'attend. Dieu comme il est gentil.

Gilles avance dans l'odeur d'humidité, cherche l'interrupteur. Le plafond est bas, voûté. Il trouve, descend encore, inspecte les lieux. Dans un coin, à côté d'un vieux berceau et de quelques bouteilles de vin couvertes de poussière, une caisse à outils. Voilà qui fera l'affaire. Il saisit la poignée et entreprend de remonter. Soudain un bruit l'arrête. Des voix résonnent au rez-de-chaussée. Il écoute, le cœur battant. Juliette converse avec une autre femme, plus jeune, semble-t-il. Il redescend l'escalier de la cave à la hâte, se cogne la tête au plafond et se cache dans l'obscurité.

Lise est entrée, mains crevassées par le gel hydroalcoolique, Hugo à ses bottes. Elle inspire en penchant la tête.

– Mhhh, ça sent bon ici. Tu mijotes de bonnes choses, on dirait. Ça fait plaisir.

– Ici ? réplique Juliette en promenant ses yeux sur les murs, engourdie par son rêve.

Hugo s'assied à la table du salon, sort ses crayons et un calepin de son sac à dos.

– Ça me rappelle les fricassées du dimanche matin. Papa rôtissait carrément le lard dans le beurre, tu te rappelles ? dit Lise en s'esclaffant. Et en plus, ta maison est aussi bien rangée que quand il était là.

Juliette balaie la pièce du regard. Son assiette a disparu, ainsi que sa tasse, ses couverts. Elle se penche vers sa fille, prend un air complice.

– Tu sais, c'est grâce à Gilles.

– Gilles ?

– Gilles, oui, celui qui me rend visite. Je t'en ai déjà parlé.

– Tu crois ? Non, enfin, peut-être. Si tu le dis. Tant mieux, Maman.

– Au fait, ce n'est pas toi qui l'as engagé ?

– Engagé qui ?

– Gilles !

– Maman, tu fantasmes un peu là, non ?

– Lise, je lui ai même prêté des habits de ton père ! Mais je n'ai pas trouvé de chaussures à sa taille. Le malheureux, ça perce de partout. Tiens, j'y pense, tu n'aurais pas une vieille paire de François ? Enfin, pas trop usée tout de même.

Lise pose sur elle un regard perplexe.

– Si je comprends bien, tu voudrais que je t'apporte des chaussures de mon mari pour ton ami imaginaire.

– Oh, Lise, c'est pas très gentil ça.

– Quoi donc ?

– De le traiter d'imaginaire. Il n'apprécierait pas, je t'assure. C'est d'ailleurs toi-même qui me dis que ma maison…

Juliette s'interrompt. Qu'importe. On ne va pas encore se disputer pour des bêtises.

– Dis-moi plutôt comment tu vas.

Lise passe une main dans les cheveux d'Hugo.

– Bon, il y a cette nouvelle molécule, tu sais, à base

d'extraits d'étoiles de mer. Ça aiderait, apparemment. On va tenter. On verra.

Juliette observe un instant les traits de moineau de son petit-fils. Même les jours de soleil il a cette couleur pâle et bleutée. Le menton comme une arête, les yeux des opales. Les cheveux noirs qui tranchent sur la peau fine. Juliette ne peut s'empêcher de penser que si la maladie y est pour quelque chose, le stress de sa mère et la sévérité de son père n'arrangent rien.

Elle a mal dormi, luttant contre le besoin d'aller pour la troisième fois vérifier la respiration d'Hugo. Le babyphone, qui reste branché en permanence et n'a jamais quitté sa table de nuit malgré l'âge de son fils, et le monitoring auquel celui-ci est raccordé dès qu'il s'endort ne suffisent pas à la rassurer. Elle est soudain si lasse. Elle reste là, pensive, à regarder sa mère, elle pourrait s'écrouler dans ses bras. Juliette a à peine le temps de lui effleurer le menton qu'elle la sent se raidir à nouveau.

– À base d'étoiles de mer ?

– D'œufs d'étoiles de mer, plus précisément. Ils développent ça dans le Finistère.

– Ça alors ! Dans le Finistère ? C'est en Bretagne, non ?

– Exact, Maman. Bravo.

Le regard de Juliette se trouble et Lise y voit passer les fantômes qui défilent depuis toujours dans les yeux maternels. Pour le coup, ces absences-là ne sont pas récentes, elle les a toujours eues. Soudain Juliette pointe du menton vers les champs au-delà du jardin.

– As-tu connu ceux qui habitaient là, au bout du chemin ?

– Tu veux dire ceux de la ferme Meyer ?

– Eux, oui, exactement.

Lise fronce les sourcils puis fait la moue d'un air indifférent.

– Non, ils sont partis peu après ma naissance. C'est ce qu'on m'a dit en tout cas. Je me demande pourquoi personne n'a jamais racheté, d'ailleurs. Trop grand, peut-être ? On pourrait y faire des choses, non ? Un habitat groupé ? Des chambres d'hôtes ?

Puis elle regarde sa mère en coin.

– Pourquoi tu demandes ça ?

– Je ne sais pas, à cause de ton histoire d'étoiles de mer, et de la Bretagne, ça me fait penser à Jean Meyer.

– Je ne comprends rien à ce que tu me dis. Au fait, as-tu pu contacter l'aide ménagère ? Je t'avais laissé un numéro, tu voulais le faire toi-même, tu te rappelles ?

– Une aide ménagère, ma douce ? En quoi ça me consulte ?

– Concerne, Maman, en quoi ça te concerne. Et, oui, ce serait pas mal, ça te ferait de la compagnie, même si j'avoue que ton intérieur est plutôt ordonné.

– Tu sais bien, je n'aime pas trop qu'on chipote à mes affaires. Puis qu'est-ce que j'irais lui raconter, moi, à ton aide étrangère ?

Lise émet un petit gloussement.

– Bon, je vois que tu ne perds pas complètement la boule, c'est bon signe, dit-elle en ébauchant un sourire. Mais ça me rassurerait quand même. De savoir que quelqu'un passe de temps en temps, autre que nous, je veux dire.

Juliette se tourne vers Hugo, presse doucement son épaule.

– Tu vois ta maman ? Elle essaie de me protéger.

Lise replace délicatement le col de chemise d'Hugo dans son pull.

– Oui ben c'est pas facile, j'aime autant vous dire.

Juliette et Hugo échangent un regard.

– T'inquiète, Mémé, elle fait pareil avec moi.

– Comment pareil, mon chéri ?

– Ben, se tracasser.

– Ah oui ? Toi aussi tu vas avoir droit à ton aide ménagère ?

Juliette attrape un balai et l'enfourche comme une sorcière. Hugo se bidonne et fait mine d'épousseter sa grand-mère.

– J'aimerais bien vous y voir, marmonne Lise.

Juliette voudrait prendre sa grande fille contre elle, cette femme qui lui échappe, cette enfant qu'elle n'a jamais pu complètement cerner. Lui dire que tout ira bien, mais comment rassurer la mère d'un garçon malade, la fille d'une femme malade, dans une époque malade. Pourtant Juliette en est certaine, ce n'est pas en courant partout comme une bête affolée que les choses iront mieux. Lise ferait mieux de s'asseoir, parfois, regarder les champs, le raisin qui pousse, cesser de s'agiter.

– Tu t'inquiètes pas un peu trop, non ? Les enfants, ils ont tous quelque chose. Le petit-fils de Maria il aurait du PHI, tiens, c'est pas mieux.

– Du PHI ?

– Tu sais, quand on s'ennuie en classe. Ils vont lui faire passer des tests. On fait ça, maintenant, quand on est en avance. On aura tout vu.

– Ah, ok. HPI, d'accord. J'en ai plusieurs comme ça à l'école. Donc Maria est venue te voir ?

– Oh non, Dieu m'en préserve, c'est un peu loin, avec ses jambes.

– Loin, tu parles, c'est à trois maisons.

– Oui ben, heureusement, ça la fatigue. Que veux-tu que je fasse d'elle pendant deux heures ? Elle jacasse comme une vieille pie et me casse les oreilles. Non, non, chacune chez soi. On s'appelle, c'est déjà pas mal.

– Et donc son petit-fils est à Haut Potentiel Intellectuel.

– Oui, enfin, selon l'institutrice il est un peu précoce, quoi. Moi je dis qu'elle fait la maligne avec ça. D'ailleurs, je suis sûre que mon Hugo lui aussi il a du PHI. La preuve, il ne va plus à l'école et il calcule plus vite que moi, tiens.

Leurs voix retentissent par-dessus la tête d'Hugo, il s'éloigne, fait quelques pas vers la cuisine, laissant les deux femmes à leur ritournelle. La porte de la cave est entrouverte. Depuis toujours cette bouche d'obscurité le fascine, les escaliers en béton qui plongent sous la terre, le plafond bas sous lequel il faut se pencher pour passer. Il a interdiction d'y descendre, selon sa mère il y fait bien trop humide. Il jette un coup d'œil par-dessus son épaule. Lise et Juliette discutent toujours dans le salon, il entend prononcer son prénom, se détourne, pose un pied sur la première marche. Il est déjà descendu une fois, il y a longtemps, avec sa grand-mère, on y trouve des bouteilles de vin sur des étagères, le berceau de sa maman quand elle était petite, quelques outils, de vieilles chaises, tout un monde abandonné et mystérieux dans lequel on pénètre comme dans une caverne d'Ali Baba. Les objets du temps passé posés en vrac, loin de l'ordre aseptisé de sa vie ordinaire. Quelques marches encore, il n'a même plus besoin de baisser la tête et le voilà dans la cave, le ronronnement de la chaudière à sa droite, cerné par une odeur d'humus et de mazout. Un rai de lumière filtre à travers le soupirail. Il s'habitue doucement à la pénombre. Soudain quelque chose attire son attention, une masse sombre contre le mur du fond. Et sous une capuche, un visage, l'éclat d'une paire d'yeux. D'un coup son cœur bondit dans sa poitrine, il tressaute, se cognant la tête au plafond. Dans le coin derrière le berceau, la silhouette immobile le fixe intensément. Hugo écarquille les yeux. C'est un homme, en tout cas ça y ressemble, il a l'air grand, il ne bouge pas, on dirait qu'il veut rentrer dans le mur, est-ce qu'il est réel ? L'enfant est tenté de crier pour appeler sa mère mais il ne le fait pas, il inspecte l'homme de haut en bas. Que fait-il donc chez sa mémé, les mains agrippées sur la vieille caisse à outils de son grand-père ? Et voilà qu'il se met à bouger, il lève lentement une main dans sa direction, il est vivant alors… Hugo recule, effrayé, trébuche sur la première marche et tombe assis. L'homme s'approche et c'est alors que le petit garçon, à hauteur de sol, voit les chaussures. Les trous, les lacets rafistolés, le cuir craquelé de partout. Le pauvre, a dit sa grand-mère, je n'ai pas trouvé de chaussures à sa taille, ça doit percer comme pas possible. Eh bien, voilà, il existe en fait ! Hugo relève la tête, un peu rassuré. Elle a raison, sa mémé, il n'a pas l'air trop méchant, ce voleur. Tout de même, il n'a pas très envie de lui parler, il se remet debout et pose un doigt sur sa bouche, comme à l'école, avant, quand il y allait. L'homme, en face, doucement, fait de même. Tous deux se fixent dans l'obscurité, en silence. Quelque chose, un pacte, un chuchotement, passe à travers leurs regards. Puis Hugo remonte les marches, sans se presser, pousse discrètement la porte. Sa mère et sa grand-mère bavardent toujours dans le salon. La lumière de la cuisine l'éblouit, il est un peu essoufflé mais le secret fait comme une petite mélodie dans son cœur, ça lui tapote les côtes, il a envie de rire, quelle aubaine, il n'a même pas toussé.

*

Après des jours et des jours, des semaines probablement, il avait bien fallu qu'elle le lui dise. Son pantalon lui comprimait les hanches, son cœur turbinait d'inquiétude, elle ne pouvait plus attendre. Elle lui avait glissé un papier dans la manche de son pull, donné rendez-vous à mi-chemin entre leurs deux domaines, sous le chêne majestueux où ils pouvaient se croiser sans éveiller les soupçons. Là se trouvait, et se trouve encore, un banc de pierre, derrière une haie d'aubépine qui clôture le chemin des champs. Elle s'était lancée. Elle avait choisi ses phrases avec soin, pesé ses mots, mais qu'y avait-il à peser ? Il l'avait écoutée avec ce regard profond qui la chavirait depuis toujours puis il avait baissé les yeux et plus jamais depuis cet instant ne l'avait regardée comme avant. « Tu es sûre ? » avait-il bredouillé, mais ce n'était pas la même question qu'au début, quand il disait « Tu es sûre ? » avant de la déshabiller dans l'étable. Il avait pris ses mains, les yeux fuyants, il avait l'air perdu. Puis s'était mis à parler très bas. Il avait murmuré que c'était impossible. Le ton, malgré la voix presque inaudible, était sans appel. Ses traits s'étaient creusés. Il avait tout de même eu ce geste, un doigt avait lentement glissé le long de sa joue. Elle devait comprendre, c'était impensable. Que diraient les gens ? Ils allaient tout perdre. Plus tard elle se demanderait qui désignait ce « ils », ceux qui allaient tout perdre. Et qu'avaient-ils à perdre, précisément ? Lui, beaucoup, c'était certain.

Le sang de Juliette s'était figé. La froideur de Jean l'avait saisie. Elle aurait eu besoin qu'il la prenne dans ses bras, qu'il l'embrasse, la cajole, pose son visage contre le sien. Au moins cela. Qu'il tressaille comme elle à l'idée de cette petite vie venue se nicher entre leurs deux existences. Qu'il lui dise que tout allait s'arranger. Elle aurait peut-être pu mieux supporter le reste, ce qui avait suivi. Mais là… Rien de tel n'affleurait dans ses paroles ni dans ses gestes. Il était maladroit, distant. Il s'était reculé puis s'était excusé de devoir la quitter si vite. Une affaire urgente à traiter, et il l'avait laissée, pétrifiée, en promettant toutefois d'appeler le lendemain quand il aurait réfléchi.

Dès le réveil, après une nuit presque sans sommeil, elle s'était barricadée dans sa chambre et avait attendu, le cordon du téléphone fixe coincé dans sa porte. Il avait fini par appeler des heures plus tard, une éternité, en fin d'après-midi, et elle avait collé son oreille au combiné comme si sa vie en dépendait. Il s'était mis à parler de manière bizarre, en détachant les mots, en prononçant lentement les phrases, on aurait dit qu'il s'adressait à un enfant qui risquait de ne pas comprendre les instructions. Il lui avait fait prendre un papier et un stylo, ordonné de noter une adresse qu'elle ne devait perdre à aucun prix. Elle s'y rendrait le surlendemain à onze heures. Il ne fallait pas traîner. Il avait insisté pour qu'elle prenne les précautions nécessaires afin de n'être pas suivie. Ne pouvait-il pas l'accompagner ? Non, c'était trop risqué. Elle recevrait des précisions sur place mais tout était réglé, elle ne devait se préoccuper de rien. Elle reprendrait un taxi pour rentrer, il s'assurerait que quelqu'un vienne l'attendre. Elle se mettrait au lit, prétexterait un malaise, une grippe, ce qu'elle voudrait. Bien entendu s'il y avait la moindre chose, si cela ne se passait pas comme prévu, elle devrait l'avertir immédiatement. Mais normalement, avait-il conclu sur un ton qui se voulait rassurant, ça se passerait bien.

Une araignée s'était mise à courir sur le drap de lit, recouvrant la conversation de son agitation minuscule. Ses longues pattes tâtaient le tissu. L'animal avait entrepris l'ascension du mollet de Juliette. Elle la contemplait, sidérée. La petite créature lui chatouillait la peau. Si petite. Elle avait raccroché et regardé autour d'elle comme si elle voyait sa chambre pour la première fois. Jean venait de lui faire perdre le sentiment d'exister.

Cela remonte de très loin, du temps de sa jeunesse. Elle est dans sa chambre, c'est le matin, un frémissement sous la peau, une soif inextinguible et pétrifiée. Un tout petit haricot. Juste quelques grammes. Un tout petit quelque chose sans importance. Pas assez pour en faire tout un plat. Elle est si jeune, elle conçoit très bien qu'on puisse n'y être pas attaché, qu'on ait besoin de l'expulser avant l'heure, qu'il soit impossible de lui faire une place. Mais elle, elle y tient, à ce minuscule haricot. Elle ne peut s'arracher cette idée de la tête. Sa langue est sèche, gonflée, collée à son palais. L'interdiction de dire comme un objet tranchant planté dans son crâne, le secret comme une torche. La pensée prend feu dans sa mâchoire ligotée.

Elle passe la journée du lendemain enfermée dans sa chambre, prétextant une migraine. Elle ne peut détacher ses pensées du corps infime qui bat dans ses entrailles. Elle pianote, doucement, sur son ventre, sur l'épiderme recouvrant les couches sous lesquelles il se développe. Répondrait-il par un bruissement, un pépiement d'oiseau ? Il n'est que cela, embryon d'oiseau, mieux vaut ne pas lui donner une importance à laquelle il ne pourra jamais prétendre. Jean n'en veut pas. Cette phrase ressasse d'elle-même sa litanie. Jean n'en veut pas. Elle ne questionne pas ses instructions, n'envisage pas un instant qu'elle puisse avoir le choix. C'est ainsi, c'est tout, depuis toujours, elle lui a délégué tous les pouvoirs, c'est lui qui décide. Elle est dévastée mais elle fera comme il a dit, incapable d'agir ou de penser autrement.

Le jour prévu, elle se réveille aux aurores. Elle enfile une jupe grise et une blouse noire. Comment doit-on s'habiller pour ça ? Il lui semble qu'elle le sent bouger. Impossible. Quoique. Elle n'a rien mangé depuis deux jours et ses tripes grognent dans le vide. Elle sort par l'arrière de la ferme et se dirige vers l'arrêt de bus. On est à la mi-avril. Le paysage défile à travers la vitre du car. Arrivée au centre-ville, elle poursuit à pied jusqu'à l'adresse indiquée. L'endroit est situé tout en haut d'une longue volée de marches qui grimpent à flanc de coteau. L'ascension est pénible et le soleil compact. Elle a si peur de se méprendre. Elle n'a aucune confiance en ses propres pas, elle se laisse faire, les marches la précipitent vers la fin de l'enfance, non, l'enfance est déjà finie. Elle avance vers la fin d'elle-même, elle ignore le chemin sur cette côte pourtant si droite, la menteuse, sa ligne brisée dans un raclement d'air. Et cela dure, l'ascension lente, le sortilège qui la colle et l'englue, l'enveloppe d'un drap de momie, elle ne sent plus ses jambes.

Elle sonne à la porte d'une maison étroite et mitoyenne aux fenêtres masquées de croisillons serrés et encadrées de volets rouges. On vient lui ouvrir et elle entre.

La porte se referme avec ses souvenirs. Sa mémoire n'a jamais pu pénétrer à l'intérieur et n'en a gardé aucune trace. A-t-elle dormi ? Combien de temps est-elle restée ? Comment s'est-elle levée, rhabillée ? A-t-il fallu seulement se rhabiller ? Un taxi l'attendait dehors, elle est montée, il l'a déposée à l'angle du chemin qui longe la ferme en contrebas, le soleil pleuvait sur les champs. Elle est rentrée discrètement par l'arrière du domaine, s'est allongée dans sa chambre, voilà, c'était fini. Elle n'avait pas mal. Elle n'a pas pu bouger pendant deux jours, elle a dit à ses parents qu'elle était malade mais c'était le début du printemps, ils avaient bien trop de travail pour s'en inquiéter. Le matin du troisième jour elle s'est levée et a dit à son père qu'elle voulait épouser Félicien. Il l'a regardée d'un air étonné puis son visage s'est fendu d'un large sourire et il l'a prise dans ses bras. « Je savais que tu finirais par apprécier ce garçon à sa juste valeur ! » a-t-il lancé comme une victoire personnelle. En fait, si elle ne tirait pas un trait sur cette histoire, la peine allait l'avaler tout entière. L'affaire était close. Peut-être était-ce mieux ainsi. C'est déjà ce qu'elle avait pensé une fois dans le taxi, chancelante et nauséeuse. La voiture l'avait ramenée à la ferme, elle se rappelait un trajet brumeux ponctué de secousses et une odeur de cigarette refroidie qui avait bien failli lui retourner les entrailles. C'était tout.

*

Gilles, tapi dans l'obscurité, a écouté le bruit des voix, la voix sèche, la voix enfantine, la voix lente et tremblante. Des pas légers ont descendu l'escalier et il s'est trouvé nez à nez avec le garçon, les yeux dans les siens, démesurément ouverts, deux grandes perles liquides dans lesquelles il aurait bien plongé tout entier. Le gosse a filé. Il a attendu que la porte claque et que le silence reprenne possession des lieux. Il est monté, la caisse à outils dans sa poigne rugueuse. Dans l'évier, goutte à goutte, l'eau forme une petite flaque stagnante au fond du bac à demi bouché. Avec une pince il resserre le cou du robinet, qui s'arrête immédiatement de fuiter. Un jeu d'enfant. Du salon, une voix l'interpelle.

Cette fois, elle le reconnaît d'un coup. Barbe en bataille, la soixantaine, cheveux longs, yeux bleus. Il s'appelle Gilles. Il vient souvent. Elle aime prendre le café avec lui. Elle ne sait pas qui il est. Quelquefois il lui prépare le petit déjeuner. Elle ignore où il habite, où il dort. Il remplit le vide dans sa maison et en partie le vide dans sa tête.

Elle voudrait s'asseoir près de lui, lui raconter des choses. Elle aimerait qu'il reste un peu. Elle pourrait sortir un matelas du grenier, le poser dans le débarras. Mettre une jolie couette dessus, pourquoi pas. Avec talent elle faisait ça avant, recevoir, accueillir, s'occuper des autres. Qu'en penserait sa fille ? En tout cas elle s'endormirait plus tranquille, le sachant là juste à côté derrière la cloison, plutôt que de craindre que quelqu'un n'entre dans sa maison. C'est déjà arrivé, elle se rappelle, une nuit, quelqu'un avait voulu lui voler ses photos.

Gilles s'approche en frottant ses cheveux du plat de la main. L'odeur est toujours présente, mais moins puissante. Il a dû être beau, autrefois. Il a l'air gêné d'être là.

– Qui est-ce ? demande-t-il en pointant du doigt une photo de Lise et Hugo sur la cheminée.

– Ma fille. Et mon petit-fils.

Gilles plisse les yeux. Reconnaît le petit de la cave.

– Il est beau, le garçon. Des cheveux très noirs, comme votre fille. Il ne vous ressemble pas trop.

– À moi, non, c'est vrai.

– Alors à son père ?

– Ah, son père…

Elle prend un air de conspiratrice.

– Ils me surveillent. Le mari de ma fille veut me mettre à l'asile.

Il lève un sourcil.

– Oui, enfin, vous comprenez. Avec les vieux cinglés.

Il la regarde au fond des yeux.

– Si j'étais vous, j'irais pas.

– Oui, ben, vous voyez, je résiste.

– Et l'enfant ? Il a quel âge ?

– Ah, lui, c'est un amour ! Le pauvre.

– Le pauvre ?

– Il est malade. Une histoire de poumons. Sa mère s'inquiète. On a dû lui faire passer des tests.

Elle parle plus bas, comme pour une confidence.

– Apparemment il aurait du PHI.

– Du PHI ?

– C'est ça. Malin comme un singe.

À en croire l'apathie sur le visage de l'autre, il ne mesure pas l'enjeu. Ça doit faire un bail qu'il n'a pas fréquenté l'école. Magnanime, elle l'excuse.

– Ça veut dire, en gros, qu'il a les yeux plus grands que la tête. C'est ce qu'on m'a expliqué.

– Votre fille, elle en pense quoi ?

– De quoi ?

Gilles pense à sa propre fille. Et à la petite, celle qu'il a mise hors monde.

– Ben, de cette affaire d'asile.

– Lise, à vrai dire… j'ai comme l'impression qu'elle ne sait plus que penser.

Gilles se lève, s'approche du vieux tourne-disque. Passe les doigts sur les trente-trois tours alignés dans la bibliothèque.

– C'est ridicule, n'est-ce pas ? Ces antiquités. Je ne peux pas m'en défaire. C'est toute ma jeunesse. Vous avez des enfants ?

Il semble surpris par la question.

– J'ai… euh… une fille.

Il dit cela sans conviction.

– Où est-elle ?

– Je ne sais pas. Partout. J'ai, disons, par le passé… fait quelque chose de terrible. Elle a eu honte, elle n'a plus pu me voir, enfin, si, quelques fois, au début. Après, non. Sa mère voulait la protéger. De moi, en quelque sorte.

Juliette ne sait pas de quelle chose terrible il parle, peut-être est-elle censée savoir, elle se garde de demander des précisions.

– Ensuite elles sont parties, sa mère et elle. Elles ont beaucoup déménagé, c'est tout ce que je sais. Chloé m'envoie des photos, parfois. Elle préfère ça, cette relation par écrans interposés, les yeux sous le chapeau qui ne la quitte jamais. Mais mon téléphone n'est pas tout à fait au point.

– On pourrait l'inviter.

– C'est-à-dire ?

– Ici. À prendre le café.

– Ha !

Un éclat sonore, entre étonnement et rire, s'échappe de la poitrine de Gilles.

– Vous êtes quand même un peu dérangée.

Juliette ne voit pas où est le problème. Soit.

– J'ai eu un autre enfant avant Lise, dit Juliette entre ses lèvres.

Un ange passe.

– Enfin, pas tout à fait. Ce n'était pas encore un enfant. Du moins je crois.

Aussitôt elle se mord la lèvre. Qu'est-ce qui lui prend de dire ça ?

– Comment ? fait Gilles.

– Il me revient, ces temps-ci. Je n'y pensais plus. En tout cas plus très souvent.

Elle regarde dehors, vers les champs.

– Il… m'obsède. Il va, il vient. Par vagues.

Soudain elle redresse la tête.

– Vous… vous voulez voir ?

Voir quoi, elle n'en sait rien. Gilles non plus, mais il n'est pas à ça près. Pourquoi pas. Il acquiesce.

Elle se lève, descend les quelques marches de la terrasse, le précède dans le jardin. C'est un printemps très doux, l'herbe est haute et parsemée de fleurs sauvages. Ils se fraient un passage jusqu'à l'ancien four à pain. Dans la première partie qui fait office de remise, Gilles remarque une tondeuse.

– Si vous voulez, je pourrai tondre. Sans vous déranger. En échange des cafés.

Juliette se rappelle une vague histoire de jardinier qui ne vient plus, en rapport avec la maladie chinoise.

– Ce serait formidable. C'est la jungle, je vois bien. Avant c'était mon mari qui tondait. Mais que voulez-vous, il a bel et bien disparu.

Gilles la suit vers la seconde partie de l'abri de pierre. Il doit beaucoup pencher la tête pour entrer. Surpris, il découvre les étagères garnies de pots, de vases, de statuettes. Juliette se dirige vers une armoire et ouvre le battant à l'aide d'une petite clé qu'elle a pêchée dans une jarre. Elle en sort un paquet de linges humides qui tient dans le creux de ses deux mains serrées et qu'elle dépose sur la table. Elle déballe le fagot de chiffons, un pan après l'autre, avec minutie. Une fois le paquet ouvert et la petite créature argileuse exposée au centre, elle fait signe à Gilles de s'approcher. Il se tord le cou, observe de plus près, la bouche entrouverte.

– Ma parole, on dirait…

– Oui, je sais.

Les yeux de Gilles oscillent de ses mains à la figurine, paupières plissées.

– C'est très ressemblant, vous êtes douée.

Elle approche la main de la statuette, suit du doigt l'arête du nez, à peine formée, le coin des yeux. L'ébauche des lèvres. Les petits poings.

– Vous… vous l'avez depuis longtemps ?

– Oui, certainement, il y a longtemps. Je ne sais plus depuis quand. Depuis quand je l'ai perdu. Je devais être une très jeune femme. Mais lui, je l'ai fabriqué il y a à peine quelques jours.

Elle regarde ses mains. Fripées, séchées. Cela n'en finit pas de l'étonner.

Gilles pense soudain à la petite. Il ne peut s'empêcher de poser la question. Ce temps, toujours, ce temps alloué, ou repris, qui l'obsède.

– Il avait quel âge ?

– Qui ça ?

– Lui. Le…

Juliette secoue la tête.

– Je ne sais pas, j'ai oublié. J'ai perdu le fil, il est… sorti de ma tête. Maintenant il revient.

– Où est-il, en fait ?

La question est saugrenue, Gilles s'en rend bien compte, mais il la pose presque contre son gré. Il ne connaît rien à ces choses.

Juliette s'assied sur le tabouret haut qui fait face à l'établi. Tout est si loin.

– Je l'ignore. Je n'ai jamais su ce qu'on en avait fait.

Elle se revoit monter les marches, essoufflée, le cœur

en miettes. Sonner à la porte de la maison aux volets rouges et aux croisillons serrés. Entrer. C'est tout.

– J'ai parfois l'impression qu'il n'est pas loin.

Elle dit ça, et ce faisant, elle tente à nouveau de saisir cette intuition fugace, cette sensation qui passe comme un nuage.

Elle ajoute :

– Je l'ai laissé en haut des marches, tout en haut de la ville, dans une maison étroite aux volets rouges accrochés sur des fenêtres aux croisillons serrés. Sur la ligne de crête, au sommet des coteaux.

L'homme songe encore une fois à la petite. Il se rend compte qu'il ne sait pas, lui non plus, n'a jamais su, que personne ne lui a jamais dit où on avait bien pu les laisser, elle et sa mère, et qu'il n'a jamais demandé.

*

Lise, fébrile, surprend Juliette au petit matin dans sa cuisine sans même prendre la peine de sonner. Hugo, saucissonné dans une écharpe en plein mois de mai, se précipite dans ses bras. La mère fixe d'un regard interrogateur le robinet qui ne coule plus.

– Dis donc, c'est nickel ici.

Et en effet, les meubles sont alignés, la vaisselle séchée. Les portes des placards ne grincent plus. Les clenches ont cessé d'osciller dans leur armature. Elle contemple le plan de travail, soupire.

– Ça me rassure de voir que tu ne t'en sors pas trop mal.

Le timbre est doux mais une pointe d'inquiétude perce dans la voix.

– Je dois te laisser le petit quelques heures. J'ai écumé tous les plans B mais je n'ai vraiment pas le choix. Je t'en prie, dis-moi que tu es d'accord.

Lise explique : la nounou du garçon s'est décommandée le matin même, un empêchement de dernière minute. Impossible d'abandonner ses élèves en pleine préparation d'examens. François est une fois de plus en voyage d'affaires, ce qui commence d'ailleurs à lui sembler légèrement suspect. Juliette se lève, débordant soudain d'enthousiasme.

– Et comment, que je suis d'accord ! Hein, mon bonhomme !

Elle dénoue tendrement l'écharpe de son petit-fils, la dépose sur le dossier d'une chaise.

– On va commencer par laisser cet enfant respirer un peu.

Puis, s'adressant à sa fille :

– Merveilleuse idée. Tout ira bien, tu verras. On va s'entendre comme chien et chat.

Lise hausse un sourcil. Clairement, cela ne suffit pas à la convaincre. Ni à dissiper la crainte qu'elle éprouve à laisser son fils unique et fragile en compagnie, disons, des quelques araignées qui ont élu domicile au plafond de sa mère. Elle plaque un bisou sur la joue d'Hugo, ânonne quelques recommandations puis sort en se prenant les pieds dans le tapis, une flopée de soucis dans son sillage. Les pièces, après son départ, semblent retrouver leur taille normale.

Le gamin, juché sur le plan de travail, observe maintenant sa grand-mère de ses beaux yeux sombres. Que peut-on bien faire avec un enfant si sage ?

– On se mettait à la fenêtre, quand tu étais petit, on regardait passer les tracteurs, tu t'en souviens ? Tu adorais ça. Puis tu ramassais les feuilles avec ton grand-père.

– Papy ?

– Bien sûr, qui d'autre ?

– J'avais quel âge ?

– Je sais pas, deux-trois ans. Tu comprenais déjà tout. Mais là, c'est le printemps, je crois, il n'y a pas de feuilles à ratisser. Et puis ta mère ne veut pas que tu sortes.

– Tu pourrais me raconter une histoire. Tu m'en racontais plein, avant.

C'est vrai. Juliette a toujours aimé les mots. Il a raison, elle se mettait un chapeau sur la tête et un grand châle sur les épaules et faisait la sorcière, la naine, la princesse.

– Quelle bonne idée ! Je dois bien avoir encore un vieux livre de ta maman.

– Non, je préfère une histoire qui sort de ta tête.

– De ma tête… ?

– Mais oui, tu m'en inventais toujours, tu te rappelles ? Des trucs vrais, des bêtises de quand tu étais petite, ça me faisait rigoler. Et comme ça, quand tes souvenirs vont partir, eh bien moi, je te les raconterai.

Juliette marque une pause, elle soutient le regard de l'enfant.

– Tu... tu crois que mes souvenirs vont... partir ?

– C'est Maman qui m'a dit ça. Mais t'inquiète, moi je n'oublierai rien. J'ai une super mémoire. Je te les garde.

Juliette émet un petit gloussement, sourit à Hugo. Comme il est beau.

– Bon, si tu me les gardes...

Elle s'assied dans son fauteuil, déplie son tricot. Dehors, quelqu'un marche sur le gazon en poussant une tondeuse. Le moteur pétarade par à-coups mais une rayure nette se dessine déjà à travers les herbes en pagaille.

– À la bonne heure ! s'écrie Juliette. Il était temps que le jardinier revienne.

Hugo plisse les yeux vers la silhouette en train de sillonner la pelouse. L'homme semble s'appuyer à la machine, arc-bouté sur le brancard comme sur un déambulateur. Il reconnaît la dégaine. L'anorak troué, les épaules voûtées ; à distance il ne distingue pas ses chaussures. Il jette un œil vers sa mémé et prend place à ses pieds sur le tapis persan, laissant le type à sa besogne. La cafetière est posée sur la table basse et Juliette verse à l'enfant un tout petit peu de café qu'elle dilue dans du lait. Une larmichette, pas plus. Elle ajoute un chocolat, caresse son front, replace une mèche de cheveux rebelle derrière son oreille, heureuse qu'il soit là, son joli moineau. Tous les deux. Ça doit faire longtemps.

– Alors, cette histoire ? réclame le gamin.

– Une histoire ? Tu veux que je te raconte une histoire ?

Le petit hoche la tête, patient.

Les aiguilles remuent, enfilent quelques points. Une maille à l'endroit, une maille à l'envers. La laine est soyeuse. Son petit veut une histoire. File la laine, filent les jours. L'écheveau se dévide. En ces temps-là, tous les rouets du royaume avaient été brûlés dans la cour du château. Penchée sur le berceau, une bonne fée avait dissipé le sortilège. Elle dormirait cent ans... Juliette cogite. Son cœur s'envole vers les livres colorés de son enfance. *Clic clic*, les aiguilles dansent. Voici les baguettes magiques et les crapauds. Les lutins et les chats angoras. Les bottes de sept lieues et les maisons en pain d'épice. Elle se met à raconter ce qui se trame dans sa tête, pas trop sûre du fil de son histoire. Les mots la délectent, la font rire. Le chat enfourcha sa monture. Le nain croqua dans la pomme. Et la princesse, ah, la princesse, eh bien, elle rencontra le prince. Sous une pluie d'étoiles et d'un baiser fougueux il l'emmena sur son cheval blanc. Le cheval se mit à galoper si vite, talonné par des éperons d'or, qu'elle se retrouva serrée contre lui, toute bousculée par la vitesse. Alors le vent se prit dans sa robe qui se mit à gonfler, gonfler, le cheval s'envola et le prince l'enlaça plus fort, de là-haut le monde était tout petit, insignifiant. Tout paraissait léger, sans importance, les deux continuèrent à monter, dépassant les nuages. Puis le vent s'arrêta. Une étrange accalmie. Le cheval avait beau galoper, rien n'y faisait, ils tombaient, dégringolaient, le sol se rapprochait mais la terre était devenue toute bleue, pleine d'écume et de vent, ce n'était plus la terre mais la mer, qui faisait des vagues comme une baleine. Que vient faire la mer dans cette histoire de galop, Hugo se le demande, mais il écoute bouche bée l'avalanche de phrases et de rimes sans queue ni tête que profère sa grand-mère. Juliette rit à s'époumoner et ça lui va, à lui, de la voir se débrider de la sorte. Elle a l'air si contente. Mais soudain elle s'arrête et le dévisage, un éclair de méfiance dans les yeux.

– Et toi, petit, qui es-tu dans mon histoire ?

Ses traits s'obscurcissent, elle secoue la tête.

– Et que fais-tu chez moi ? Ne devrais-tu pas être à l'école ?

Doit-il lui dire ? Qu'il ne va plus à l'école ? Il ne veut pas l'attrister.

Le front plissé et ridé d'inquiétude, elle a cessé de tricoter. Elle l'observe mais semble ailleurs, hypnotisée par de lointaines pensées. Elle se tient immobile, comme en alerte, seuls ses yeux oscillent de gauche à droite en quête d'une réponse. Alors l'enfant se redresse sur les genoux et s'approche. Il agite délicatement les doigts et les pose sur le bras de sa grand-mère. Puis il entreprend de faire monter sa petite main sur son lainage en remuant les phalanges comme une araignée. « Coccinelle, demoiselle, bête à bon Dieu… Coccinelle, demoiselle, monte jusqu'aux cieux… » Elle ne fait pas un geste. Il poursuit : « Petit point rouge, elle bouge » et fait voleter ses mains comme un papillon. Un frisson la parcourt. « Petit point blanc, elle attend » et il étend les paumes vers le ciel. Elle pose alors ses mains sur les siennes et un baiser sur ses cheveux. Un filet de voix sort de sa gorge nouée. Une main flotte au-dessus de sa tête. « Petit point noir, coccinelle, au revoir. »

*

Gilles, après avoir rangé la tondeuse dans l'abri, longe la clôture en direction de la maison pour partir. Dans la véranda, le petit bonhomme qu'il a croisé l'autre jour dans la cave est assis aux pieds de sa grand-mère, la tête sur ses genoux. On croirait qu'ils dorment, tous les deux. Pas sûr qu'il ait bien vu, à cause du reflet sur la vitre. Il lui semble pourtant que l'enfant esquisse un mouvement vers lui, sans dévier la tête d'un pouce. Un petit signe et un doigt sur la bouche. Dans le doute, il lui rend son geste. Comme l'autre fois, au bas des marches humides, un pacte de silence, ou bien juste un accord tacite pour ne pas réveiller Juliette. Après quoi, il décampe. Les maisons solides, ce n'est plus pour lui. Quelques heures, d'accord, après il attrape des fourmis dans les jambes. Il a besoin que le paysage défile. Ça le tue aussi, mais au fond il n'a plus le choix. Les jardins, les lumières, le bitume. Les odeurs de ciel, de pluie. Le béton, ça l'enferme. Avec ou sans véranda. Et puis des habits propres, des draps lavés, il n'est pas sûr d'y avoir encore droit ni même d'en avoir envie. Trop de confort lui donne le tournis, il doit bouger comme d'autres respirent, échapper à son ombre. C'est plus facile au printemps. L'hiver, c'est terrible, les engelures, le froid coupant, le sommeil léthargique voire impossible. Juliette aimerait qu'il reste un peu, il a remarqué ça. Juste comme il est, qu'il soit là. Elle ne lui demande pas de comptes. Pas de « qui êtes-vous, que faites-vous dans la vie, où se trouve votre maison ». Mais il arrive qu'elle le regarde comme si elle attendait quelque chose. Une protection, qu'il la rassure, un truc du genre. Cela fait longtemps que personne n'a plus rien espéré de lui. Protéger, c'était dans une autre vie, quand sa Chloé était petite.

L'autre jour elle a sorti le Scrabble. Le Scrabble ! Il a d'abord eu un mouvement de recul. Vraiment, un jeu de société ? Ce n'est pas qu'il n'a plus de cervelle, mais malgré tout, ça ne fonctionne plus comme avant. Il s'est assis. Elle a sorti les petites réglettes, déplié le tapis de jeu, secoué le sac de lettres. Il s'est pris la tête entre les mains, rien que de penser à fabriquer des mots lui donnait un début de migraine. Mais bon, elle avait l'air toute réjouie. Il s'est brièvement demandé si c'était compatible avec ses problèmes à elle, avant de se dire que de toute façon, l'idée n'était pas de gagner des points. Alors il a aligné ses petits carrés et s'est mis à réfléchir. Elle a placé une première lettre et il a vu que ses mains tremblaient. Elle a pris le temps de disposer les suivantes avec précision, en enfilade : KIWI. Pas mal. Alors il a cherché, cherché, fait pivoter les lettres, changé l'ordre, recommencé dans un sens, dans un autre, et enfin il a trouvé : KOALA. Il a pu composer KOALA. Elle a relevé la tête, et avec un éclair d'admiration elle a souri en hochant le menton, comme on salue son adversaire. Il s'est demandé si elle avait été institutrice. Pour un peu il se serait senti fier. Ils ont joué comme ça jusqu'à ce que la lumière baisse. Puis elle a commencé à cligner des yeux, ses paupières tombaient, elle était fatiguée. Il l'a prise par le bras, l'a aidée à s'asseoir près de la fenêtre. Il a posé le châle sur ses épaules, son tricot sur ses genoux. Puis il est sorti par la porte de la véranda et il est parti.

*

Elle pense encore à ces jours-là. Avant de ne plus pouvoir penser. Avant d'oublier qu'elle ne peut plus penser.

Elle aurait aimé pouvoir en parler. À quelqu'un d'autre qu'à Jean. L'illégalité oppressait, culpabilisait, même si les choses, dans ce domaine, commençaient enfin à bouger sérieusement. Elle avait lu des articles, il y avait des femmes qui se battaient pour leurs droits. En attendant ce n'était pas autorisé. Si on le lui avait permis, elle aurait accepté, peut-être, qu'on le détache, et qu'on le laisse s'en aller. Elle se serait rangée à la même conclusion mais au moins, elle aurait eu l'impression de choisir. Là, elle en était maintenant certaine, on le lui avait pris.

Dans les champs les corbeaux s'envolent en croassant, passent devant l'épouvantail sans lui jeter un regard, emportant leur pitance dans leur bec serré.

Ensuite, tout était allé si vite. Elle avait annoncé qu'elle voulait épouser Félicien. Elle n'irait pas à Paris. Elle ne se voyait pas partir comme ça, seule, après l'été, alors qu'elle se sentait déjà vide et désertée. La joie de son père, du reste, faisait plaisir à voir. Félicien allait devenir son gendre et, dans la foulée, le comptable du domaine. Au moins tout n'était pas perdu.

Celui-ci ne s'était pas fait prier. Ses joues étaient devenues violettes, faisant ressortir les traces d'acné. Il était gentil, prévenant. Il n'avait pas posé de questions. Pas de « pourquoi maintenant, pourquoi soudain ». Il avait bien trop peur de voir tourner sa chance. C'était inespéré, il avait acquiescé à tout. Le père avait dit dans six mois, Juliette avait dit dans quinze jours. Le père voulait une cérémonie en grande pompe, elle une alliance au doigt et une limite claire entre sa vie et celle de Jean, tout de suite, une rupture radicale. Elle voulait lui rendre la monnaie de sa pièce. Elle pensait que le mariage effacerait la honte, le secret, la terreur. C'était naïf mais pas si bête.

Félicien s'était avéré plus agréable à vivre qu'elle ne l'avait imaginé. Elle appréciait la jolie maison que leur avait achetée son père à quelques encablures du domaine familial. Elle se sentait soulagée d'avoir quitté la ferme. Par moments, quand son mari s'absentait, elle était presque libre. Libre de l'attente insupportable qui la liait à Jean, libre de ses parents, de son rôle de fille. Dans l'obscurité complète, finalement, les caresses de Félicien n'étaient pas si déplaisantes. Hésitantes et juvéniles, pressées autrement que ce qu'elle avait connu, cette soif inextinguible qui l'avait clouée au sol.

Tout cela avait un coût, évidemment. Ne pas trop penser, ne pas trop éprouver. Ne pas se laisser rattraper par le regret et la langueur. Ne pas rêver. Il n'y avait qu'en s'occupant des bêtes, chez ses parents où elle se rendait régulièrement, qu'une nostalgie brûlante venait lui retourner les tripes. Alors elle se dépêchait, quittait la chaleur de l'étable, revenait au repassage, à la vaisselle, à la vérification de la comptabilité. Elle contrôlait par principe, car Félicien ne faisait jamais d'erreur.

Lise s'était très vite annoncée. En quelques semaines son ventre s'était arrondi. Elle avait acheté de la laine pour tricoter la layette, s'était attelée à tresser de l'osier pour fabriquer un berceau. Son état était rapidement devenu un prétexte pour tenir Félicien à bonne distance.

À la naissance de Lise, celui-ci s'était transformé. Son

acné avait disparu presque complètement. Il avait pris quelques kilos. Il était devenu plus méticuleux encore. C'est lui qui surveillait la santé de la petite, veillait à ce qu'elle mange de bonnes choses, prenait sa température si son front lui semblait plus chaud que d'habitude. Lise était toujours fourrée sur ses genoux. Elle l'adorait, même si avec les années elle se rendrait compte qu'il était un peu trop à cheval sur les détails. Secrètement, Juliette leur trouvait bien des points communs, à ces deux-là.

Rapidement, elle n'avait plus pu se passer de son mari. Il l'irritait mais la sécurisait aussi. Il était tellement… carré. Les comptes étaient bien tenus, le domaine des parents continuait à prospérer malgré leur âge, ils avaient pu engager de nouveaux ouvriers car le travail, Félicien, ce n'était pas son truc. Son dada, c'était la gestion. Lise grandissait et Félicien tempérait l'ambiance familiale quand les humeurs noires de Juliette la rattrapaient. Hormis son amour pour sa fille et sa femme, pour lui rien n'était jamais ni exceptionnellement joyeux ni terriblement grave. Juliette était à présent une femme respectable. Son passé était derrière elle, englouti par une ligne de démarcation infranchissable au-delà de laquelle elle s'efforçait de ne jamais s'attarder.

L'existence de Juliette s'est ainsi transformée en une routine monocorde, rassurante. Elle a sauté à pieds joints dans ce que ce nouveau départ avait à lui offrir.

Un attachement stable, un peu agacé, la liait à Félicien. Ils s'appréciaient, se disputaient rarement, s'aimaient parfois. Aucun autre enfant ne leur est jamais venu.

*

Juliette le voit qui se frotte la barbe dans la lumière bleutée du soir. Il semble dédoublé derrière la vitre. Il a l'air soucieux, ou alors c'est cette ride perpétuelle entre les sourcils qui donne cette impression. Il entre et avec lui la fraîcheur du couchant. Il ôte son anorak sans rien dire. Juliette se rend compte qu'elle a tricoté jusqu'à cette heure, jusqu'à l'ombre argentée qu'on nomme « entre chien et loup ». Elle est maintenant dans le crépuscule, les aiguilles comme des lames entre ses doigts, seuls jalons sensibles. Elle attend quelqu'un. Cela fait longtemps. Ce n'est pas lui, tout a tellement changé. Et pourtant. La même lumière, les mêmes champs. L'envie qu'il vienne. Elle aimerait se sentir belle encore une fois. Rire dans les bras d'un homme avant d'oublier le rire. Se pourrait-il ? Une dernière fois ?

Elle se lève, elle veut quelque chose, ça la prend comme un souvenir. Gilles est là debout, les épaules affaissées, la posture incertaine. Il ressemble à un autre. Ce calme, cette lenteur. Il ne ressemble à personne. Il est gentil. Il a l'air triste et presque séduisant. Peut-être a-t-il tout perdu, peut-être Jean serait-il enfin à elle.

Elle fait quelques pas vers le vieux tourne-disque,

sort un vinyle de sa pochette. Elle ouvre un tiroir et y prend une boîte d'allumettes, allume la bougie qui dort depuis des lustres sur la commode. La flamme vacille. Le silence craque avant la guitare et la voix du crooner. Elle a vingt ans. Jusqu'à quand peut-on se sentir adorable ? Elle était jolie, autrefois.

Gilles s'est approché, elle s'est tournée vers lui, il a pris sa main et l'a posée sur son épaule. Il l'a serrée doucement. Il a placé l'autre main sur sa hanche et la musique s'est mise à bercer leurs corps. Elle a senti la chaleur de sa paume à cet endroit que personne ne touche plus. Alors elle l'a étreint plus fort.

Elle ferme les yeux. Elle sait qu'il n'est jamais revenu. Elle sait même vaguement qu'un jour elle ne le saura plus, qu'elle oubliera jusqu'à son nom, jusqu'au nom de sa fille, jusqu'à l'existence d'Hugo, qu'elle perdra la mémoire des années de feu et celle des autres aussi d'ailleurs, qui ont parfois été douces. Il y a cette sensation dans son cœur, de se trouver si proche de la nuit dans un bruit de velours, comme une pulsation confuse de l'alpha et de l'oméga, là où tout commence, là où tout s'achève. Leurs corps balancent lentement et c'est la danse de la mémoire, la plongée dans l'oubli, l'abandon à l'obscurité qui bientôt viendra la cueillir avec ses restes de neige et ses aurores boréales. Contre cet homme qu'elle ne connaît pas vraiment, voilà qu'elle consent à la perte innommable, à ce qui n'a pas pu être, à ce qui ne sera plus. Ils dansent comme ça, sans bouger ou presque, dans un accord aussi ténu que le frémissement de la flamme. Le tremblement se répercute jusque dans les murs, jusque dans son vieux ventre, jusque dans les champs. Peut-être l'entendra-t-il.

Alors elle se recule, secoue la tête. Elle rend à Gilles ses mains usées et son corps amorti. La nuit est tombée. Sans le regarder elle se dirige vers l'escalier et entreprend de monter les marches, lestée de toute une vie. C'est haut, avec ces ombres qui la suivent.

Gilles attend qu'elle disparaisse à l'étage. Une porte grince, se referme. Il ouvre alors le tiroir supérieur de la commode. Les albums sont tous là, comme au premier soir. Il trouve sous la pile celui où elle est jeune femme et s'empare d'une photo qui la montre cheveux blonds et tressés, ventre arrondi sous une robe à fleurs. Il la glisse sous son anorak, en remonte la fermeture Éclair. Puis s'en va.

4

Le bitume fume discrètement, exhale la condensation d'après la pluie. Gilles se souvient qu'on appelle ça le pétrichor, quel nom, vraiment ! Un mot à placer dans un Scrabble pour épater Juliette. C'est déjà presque l'été, il enlèverait bien ses chaussures. C'est physique, il a besoin de cette ville, de ce qui grouille sur le trottoir et dans le ciel. Lui, il a fait son temps, mais le monde, il pourrait encore lui en arriver, des choses… Quand il pense à ce qui a changé depuis son époque et qui est en train de disparaître sous les ponts, il en a coulé, de l'eau, comme on dit.

Il marche, il pense aux yeux clairs, à leur énigme. Il a pas mal hésité mais il a fait cent fois le tour de la ville, alors pourquoi ne pas prendre un peu de hauteur. Il s'est décidé à aller rôder vers les coteaux, voir s'il peut dégoter quelque chose pour elle. Il n'est pas encore monté là-haut. On ne sait jamais, après tout.

Il tourne à droite derrière l'église, marque une pause au pied de l'escalier et lève les yeux vers l'enfilade de marches à flanc de colline. Il mesure l'effort à fournir. En général il se déplace de la ville basse vers l'horizon, de préférence à ras de terre. Les jambes, ça va encore, c'est le souffle. Il se met à gravir, lentement, un palier après l'autre. Il s'arrête, s'appuie à la rambarde, respire. Toujours cette fatigue. Le poids du corps, un devoir harassant.

Il poursuit sa lente ascension. Les pierres cabossées, les gerbes d'herbes qui poussent de travers, la sueur dans son dos. Ça grimpe. La souillure lui bat sous la peau, la faute à jamais enclavée dans la chair. Il faudra gratter jusqu'à l'os, rogner jusqu'à la moelle pour que ce mauvais virage le lâche.

Non. Ce mauvais tournant ne le lâchera jamais. Il l'a su tout de suite, ses tripes l'ont instantanément averti, dès qu'il les a vues étendues sur la route, il a compris à la seconde que tout avait basculé. Son être s'est altéré d'un bloc, une prémonition de ce qu'il allait devenir, les nuits sans sommeil, la perte de tous les repères, la terreur d'être condamné à rester dans sa propre peau, l'impossibilité absolue d'échapper à ces quelques secondes, quelques secondes dans la vie d'un homme et tout était détruit. Dans sa tête l'itinéraire se refait sans cesse, il ressasse le parcours jusqu'à épuisement, comme si la force de la pensée pouvait faire resurgir ce trou dans l'espace-temps, cette faille dans le décours des choses, ce moment qui lui a tout arraché. Il remonte les heures, un verre, deux verres, il rumine pour modifier la trajectoire, pour s'extirper du mauvais rêve, un virage, l'ennui, deux virages, il n'a rien à dire, son cerveau le ramène là, il arrive qu'il n'en puisse plus d'être taraudé de la sorte. Il marche, il monte, un escalier à la fois, une brèche infime s'entrouvre, il respire un peu mieux, la densité de sa faute se dilate à chaque pas, un appel d'air infinitésimal. Grimper, ça fait longtemps. Depuis les six étages de l'appartement attribué à sa sortie de prison. La poitrine lui brûle, pourtant il y va doucement. Il porte en lui un petit cœur qui a cessé de battre, un cœur, deux cœurs, trois cœurs dont il ne sait quoi faire, le sien, les leurs. Il pense à Juliette, des décennies plus tôt. Au petit fardeau lourd de quelques grammes qui pesait de son existence impossible. S'est-elle sentie oppressée, elle aussi, a-t-elle failli abandonner avant d'atteindre le bout ? Il regarde en haut, il regarde en bas. Il doit être à mi-chemin, à vue de nez. La moitié du chemin, c'est pas si mal pour une première fois. Voici un banc, accroché au talus qui longe les marches. Il s'assied, étire les jambes. La ville semble dormir, déployée en contrebas. Elle paraît moins bruyante, plus propre, plus irréelle. Il pourrait venir de temps en temps par ici ; un tel panorama, ça donne du recul. Il sort la photo de sa poche et regarde cette jeune femme pleine de secrets. On voit bien son visage. Les couleurs ont pâli mais les traits de Juliette se détachent nettement sur un intérieur plus sombre. Elle est si jeune, si ronde et si jolie. Il soupire, la range sous son anorak. Ça ira pour aujourd'hui. Il reviendra, prochainement, chercher ces croisillons, peut-être, reprendre le chemin de Juliette, mais bon, un jour à la fois, *step by step*, comme il disait aux participants de ses séminaires, nom d'un chien, ça fait loin.

*

Et puis un jour, Jean était parti. Un beau matin il avait plié bagage et emmené sa petite famille. *Bam*, sans crier gare, ou presque. Une opportunité d'affaires, apparemment, c'est le bruit qui courait, un vignoble à racheter dans le Sud. On disait Bordeaux, ou même plus loin. Il avait, de but en blanc, cessé de travailler avec ses parents, ce que Juliette avait vécu comme un autre abandon. Ensuite il avait quitté la ferme Meyer et déménagé, avec les siens. Il souhaitait lancer sa propre production, un cru bien à lui, il en avait assez des betteraves et du gros bétail, c'est ce que disait la rumeur. Elle avait perdu ses appuis. Tant qu'il était encore dans les parages, et même si elle faisait tout pour l'éviter, elle puisait sa force, en partie, dans cette proximité. Elle pensait à lui le matin, en reprisant le linge, en faisant ses emplettes, en attendant que le feu passe au vert, le soir face aux champs, la nuit. Elle voulait qu'il sache, qu'il l'aperçoive au détour d'une rue, landau en tête, qu'il la trouve belle, qu'il soit jaloux. Mais là, sans lui, tout devenait vide derrière les apparences. Toutes ces années pour quoi, pour rien.

Un jour elle était allée traîner là-bas, une fois, une fois pour toutes, pour en avoir le cœur net. Elle avait emprunté le chemin de terre et marché entre les champs et les silos, dépassé le banc sous le chêne, enfin tourné à droite à l'abreuvoir à vaches. Le bâtiment que les gens du coin continuaient d'appeler la ferme Meyer se dressait à quelques kilomètres au-delà du bourg, rectiligne, imposante dans le lointain, fière sous le ciel indifférent. Elle se sentait rapetisser à mesure qu'elle approchait ; elle ne s'était que rarement aventurée par là et les souvenirs lui massacraient le cœur. Un baiser sur l'épaule. Une main chaude enfouie sous sa chemise. Les heures légères dans les rues de Nantes, une caresse perdue dans le bas de son dos, le soleil insouciant sur la plage de Saint-Jacut-de-la-Mer. Le velours de son regard, la brûlure affolante et crue, les mots doux et tendres, les réveils fragiles. Elle avait marché le souffle court, dépassé le mur d'enceinte, hagarde, coupable. Elle n'était jamais entrée dans la maison de cet homme avec qui elle avait passé les heures les plus intenses de sa vie et dont l'accès lui était interdit.

La ferme Meyer, en effet, semblait déserte. Elle s'était hissée à hauteur des fenêtres. Des draps blancs avaient été tendus sur le mobilier. L'endroit dormait, même les pierres. Dans la cour, un homme s'affairait autour d'une machine agricole. Il l'avait hélée, brièvement, d'une voix rauque.

– Vous cherchez quelque chose ?

Elle n'avait pas osé répondre, avait reculé jusqu'à la grille sur laquelle elle s'était cogné la cheville. Honteuse, meurtrie. Au fond, tout était sa faute.

Elle avait fait volte-face et repris le chemin des champs, vers Lise et Félicien, se jurant de ne plus jamais revenir, après avoir tiré, au tréfonds d'elle-même, tous les verrous.

Elle le savait, pourtant, un jour elle serait vieille, et ce serait lui encore, lui toujours, qui viendrait la visiter, le soir, en rêve, sur le seuil de sa maison.

Elle fixe le chemin. Et s'il devait surgir ? Le reconnaîtrait-elle ? Que se diraient-ils ? Elle a parfois la sensation qu'il est là, qu'il la regarde, depuis les champs, qu'il l'appelle, qu'elle doit venir. Elle se demande à quoi il ressemble aujourd'hui, si des rides au coin des yeux ont changé son regard, si des sillons marquent sa bouche. S'il a encore des cheveux, cette tignasse sombre et dense qu'elle aimait agripper entre ses doigts. Ses traits, dans ses souvenirs, sont mangés aux pourtours, elle les retrouve à peine. Elle ne l'a jamais connu vieux. Les hanches affaissées, les épaules qui se voûtent. Le corps qui se creuse. Est-ce qu'il pense à elle, parfois ? Soudain cette idée lui fait venir les larmes aux yeux. Elle ne sait pas s'il vit encore. Elle voudrait tant lui raconter.

Alors elle ouvre la fenêtre. Elle laisse entrer le vent. La rumeur cogne, la rumeur chante, appelle depuis l'horizon, un si profond soupir.

*

Dans la maison de Juliette, le téléphone retentit dans le vide. Cinq coups, six coups, la sonnerie s'interrompt puis repart. Personne ne décroche, l'appel se perd dans les murs. Y a-t-il quelqu'un ? Quelqu'un qui n'entend pas ? Qui n'entend plus ? Qui ne fait plus le lien entre le son en cascade et l'appareil à décrocher ?

La nuit est tombée. Gilles a pris le dernier bus puis marché jusqu'au hameau. Baignée d'une aura cendrée, la demeure paraît plus grande que d'habitude. La lune est pleine ; depuis le jardin, il observe la façade arrière. Quelque chose d'inhabituel attire son attention. L'étage est entièrement illuminé, de chaque fenêtre s'échappe une lueur jaune alors que le rez-de-chaussée est plongé dans une obscurité radicale. Il tamponne doucement la pelouse de ses godasses trouées. L'ascension des coteaux lui est restée dans les jambes, et la descente, accessoirement, sur le cœur. Une journée très moyenne, mais l'inverse sortirait vraiment de l'ordinaire.

Il gravit, à tâtons, l'escalier qui mène à la terrasse. La porte coulissante de la véranda est ouverte. Il pénètre dans le salon avec la sensation de commettre une infraction. Pas de Juliette dans le fauteuil à bascule. Il s'entend penser que ce n'est pas prudent, cette véranda ouverte, se rattrape aussitôt, pour qui donc se prend-il. Dans la cuisine, personne non plus. Il écoute le silence, en haut rien ne craque, rien ne bouge. Juliette dort-elle ? Est-elle sortie ? Sa fille et son gendre l'auraient-ils emmenée ? Où ? À l'asile ? Chez eux ? Au restaurant ? Le gendre, s'il a bien compris, n'est pas du genre à inviter pour faire plaisir. Au restaurant puis à l'asile ?

À l'étage, on n'a donc pas pris la peine d'éteindre, ou plutôt on a pris soin de tout allumer. Sciemment ? À droite du palier, la salle de bains. Cette pièce-là, il connaît. Il entrebâille le battant de la porte qui lui fait face. Elle se coince légèrement dans le tapis et il passe la tête à travers la fente. C'est bien le débarras encombré de bibelots et de penderies sur pieds auxquelles sont accrochés des habits d'un autre temps, pendus sur des cintres, c'est là qu'il a pris ce pantalon qui lui serre la taille. Un matelas est posé par terre, recouvert d'une couette et d'un oreiller, seule place nette au milieu de ce fatras. Il sort et se dirige vers la troisième porte, ouverte sur une chambre. Ici aussi les lampes sont allumées. Personne à l'horizon. Un lit double à moitié défait, deux tables de nuit, dont une est ornée d'une lampe de chevet et d'une pile de livres. Une commode, un miroir, une garde-robe. Au-dessus de la commode un portrait en noir et blanc de Juliette, suppose-t-il, cheveux ondulés encadrant des épaules fines, décolleté légèrement échancré sur une peau laiteuse, désarmante de grâce et de jeunesse. Et la fenêtre ouverte, rideaux flottant devant un balcon surplombant le jardin. Une chambre comme un coffret à bijoux, une invitation à s'allonger et à se laisser ensevelir par un sommeil de plomb, les draps tendus sur un matelas épais, les tiroirs laqués, les tentures doubles. Gilles s'y laisserait bien sombrer jusqu'au prochain printemps. S'il n'y avait cette fenêtre béante et les rideaux battants. Et ces lumières, partout, qui l'inquiètent. Spontanément, Gilles regarde en bas. La pelouse tondue par ses soins, adoucie par la pénombre, est d'une immobilité parfaite. La maison possède-t-elle un grenier ? Juliette serait-elle descendue à la cave ? Ou égarée quelque part ? Que signifient ces voilages oscillant dans la nuit, pourquoi toutes ces lumières ? Il scrute le jardin et son regard se perd vers le four à pain, plus loin que la terrasse, juste avant l'enclos. C'est alors que quelque chose attire son attention au-delà de la ligne d'arbres qui sépare le jardin des champs. Une silhouette indistincte sur le chemin de terre qui longe l'arrière de la propriété. La pleine lune l'éclaire faiblement, assez pour que Gilles puisse en reconnaître l'allure. Le cou tendu vers l'avant, la forme humaine ploie sous le ciel trop vaste, perdue au milieu des terres cultivées et des sillons ondulant comme dans une immense mer. Elle fait quelques pas, se retourne, semble hésiter, avance de nouveau sur des jambes instables. Suspendu à l'horizon, Gilles reste à la regarder vaguer d'une ornière à l'autre, subjugué par le tango vaporeux de ce farfadet sous les étoiles. Soudain l'ombre se casse comme si elle s'était tordu une cheville. Il se ressaisit d'un coup, ferme la grande fenêtre, ramasse sa fatigue et traîne sa carcasse hors de la chambre. Il descend l'escalier et sort par la porte coulissante de la véranda qu'il ne referme qu'à moitié. Il ne distingue plus le chemin à présent caché par les arbres, et une inquiétude lui serre le cœur. Il se met à courir, du moins tente de se propulser avec la vigueur nécessaire pour décoller ses pieds du sol, lui qui n'a plus couru depuis des décennies. Ses genoux renâclent devant l'effort, incapables de donner l'impulsion requise. Alors il allonge ses foulées, c'est le mieux qu'il puisse faire. Il ouvre la petite barrière qu'il connaît, au fond du jardin, retenue à un piquet par un fil de fer et le voilà sous un ciel d'argent, les champs grisés par la lune.

À une cinquantaine de mètres, Juliette, redressée, hésite toujours. Il avance le plus discrètement, le plus calmement possible. C'est bien elle, s'il en croit ses yeux qui y voient mal, mangés par un glaucome, suppose-t-il, comme ceux de sa propre mère. Il ne veut pas l'alarmer alors il attend qu'elle se retourne. Il se tient immobile, l'entend bougonner des choses. Elle avance, recule, happée par le branlement désordonné d'une agitation inquiète.

Enfin elle l'aperçoit. Du moins elle s'immobilise, fixe un point dans sa direction. Il ignore si elle a peur ou si plus rien ne compte, si elle le reconnaît, si elle sait où elle se trouve. Elle porte une robe de nuit légère, sans manches, ses pieds sont nus. Elle l'interpelle :

– Qui va là ?

Ses lèvres tremblent, sa voix aussi, elle s'est mise en position de défense mais ressemble à un oiseau pour le chat.

– C'est moi, c'est Gilles, ne vous inquiétez pas.

Ça lui rappelle la première fois, quand elle l'avait pris la main dans le sac alors qu'il fouillait ses tiroirs. C'était il y a quelques semaines à peine, qui lui paraissent une éternité. Comme elle ne bouge pas, il poursuit :

– Vous vous promenez ?

Les yeux de Juliette questionnent la pénombre, passent du lointain à Gilles, s'égarent au bout des champs. Gilles s'approche. À cette heure tardive il fait plutôt frais.

– Vous cherchiez quelque chose ?

– Oui, exactement.

Elle se penche et chuchote avec des airs de grand mystère, en détachant les mots et en roulant des yeux brillants :

– C'est ici qu'il revient. Il ne m'a pas prévenue. Je l'ai vu à travers la vitre.

Elle triture ses mains, garde le silence. Lève la tête pour épier l'horizon puis la rabaisse aussitôt comme une enfant prise en défaut. Soudain elle redresse les épaules dans ce qui ressemble à un regain de fierté.

– Mais vous, je vous connais.

Ah ! songe Gilles. Voilà qui va nous simplifier la tâche.

– Vous avez le même nez que mon père.

Décidément, elle y tient.

Il est maintenant à sa hauteur. Elle frissonne mais n'a pas l'air de s'en apercevoir. Il n'ose pas ôter son anorak et l'en entourer par crainte de l'effaroucher avec son odeur de rue. Même si depuis quelque temps, il prend soin de laver son linge et de se doucher plus souvent. Zut, il aurait dû emporter le châle, il l'a vu pourtant sur le fauteuil à bascule, il n'y a pas pensé. À court d'idées, il se met à lui frotter doucement les bras de ses deux mains rêches. Elle ne recule pas, ne se plaint pas, il l'enveloppe un peu plus. Elle se laisse faire. Puis sans transition elle se dépose entièrement contre lui, toute droite, les bras le long du corps, sa peau douce et plissée contre lui, son visage dans le creux de son épaule. D'une main il couvre alors sa nuque et la presse plus près, caresse ses cheveux. Elle exhale un soupir et un parfum de rose et se laisse aller dans l'arrondi de ses bras. Il sent son ventre respirer. Avec ce corps menu contre le sien, ces épaules délicates, ce creux au bas du dos, ces cheveux si soyeux, Gilles a la gorge nouée. Un nœud qui vient faire chavirer les barrières érigées pour tenir dehors, pour tenir sans personne, sans foyer, sans murs, sans la peau d'une femme à qui murmurer des tendresses quand les lumières s'éteignent. Calée là tout près de lui, il l'entend susurrer dans un souffle à peine audible :

– Vous n'êtes pas Jean.

Jean ? Non, il n'est pas Jean. Mais il veut bien essayer d'être un autre, s'il le faut.

– Ça ne fait rien, poursuit-elle.

Et elle s'appuie un peu plus fort. Il se penche et dépose un baiser sur son front. Il se rappelle d'autres baisers, avant, quand il était vivant, avant le grand naufrage. Il garde le nez enfoui dans ses cheveux, sur le haut de sa tête, il la respire là où sa propre odeur n'a plus d'importance. Elle se serre encore, elle le connaît. Deux vagabonds dans la nuit, deux errants de passage. Le sol semble danser pour abriter leur étreinte. Le ciel respire, on entendrait craquer le chemin de terre sous la poussée de fleurs invisibles.

Après un temps infini leurs corps se séparent un peu. La nuit se brise entre leurs ombres. Gilles se tourne légèrement, enlace Juliette par la taille, la tient au plus près de son flanc déformé.

– Regardez, il y a un banc.

Ils s'asseyent côte à côte et il garde sa main dans la sienne, osseuse et minuscule dans ses grands doigts noircis. Ils ne bougent pas, la lune est haute, les champs dégagés sur des kilomètres. Au loin une masse fantomatique, les contours d'une bâtisse cernée de brume, la ferme Meyer.

Ils se taisent longuement. Juliette semble s'apaiser,

revenir à elle. Ses yeux fixent le bâtiment posé à la lisière des champs. Elle esquisse un geste de la main.

– Vous savez, il habitait là.

– Ah oui ? Qui ça ?

Elle hoche la tête, semble se perdre encore.

– Celui qui m'a envoyée là-haut.

– Là-haut ? Vous voulez dire…

Gilles tente de suivre. Ça lui demande un peu de concentration.

– Là-bas, vous savez, aux coteaux. La maison aux volets rouges.

De nouveau l'image forte dans l'esprit de Juliette, les fenêtres aux croisillons serrés comme pour protéger l'intérieur, empêcher le regard d'y pénétrer. Des croisillons serrés et des volets rouges. Comment sa mémoire a-t-elle pu refermer cette porte ?

Soudain lui saute aux yeux cet autre détail, dehors, juste avant de pénétrer dans la maison aux croisillons.

– Il y avait un panneau. Beige, avec un bord rouge, et deux silhouettes, une grande et une petite. Et ces mots : « attention aux enfants ». J'ai failli faire demi-tour.

– Attention aux enfants ? reprend-il.

– Mais oui, les enfants, ça surgit de nulle part. Alors parfois les gens mettent des panneaux.

Gilles se raidit. Il le sait, que les enfants, ça surgit de nulle part.

– Eh bien, il habitait là.

Elle pointe du doigt la bâtisse imposante éclairée par un rayon de lune.

Toutes ces lumières allumées, songe Gilles. Un appel ? Un signal ? Il ne répond pas, tient la main fripée dans la sienne.

– Croyez-vous qu'il nous regarde ? dit encore Juliette.

Gilles scrute la campagne. Il aimerait savoir, lui aussi, si quelqu'un les regarde. Si quelqu'un veille ou si tout ça n'est qu'un foutu cauchemar. S'il est perdu à tout jamais ou si une âme, un jour, remettra un panneau sur sa route. Il n'en sait fichtre rien. Ça lui fait du bien, cette main toute menue dans la sienne.

– J'ai un peu froid, constate Juliette.

Il baisse les yeux sur les pieds nus couverts de terre, les chevilles fines comme des poignets. Elle frissonne de tout son corps. Il voudrait bien la réchauffer. Alors il l'emballe dans ses bras et l'emporte avec une détermination dont il ne se croyait plus capable. Il regarde vers la maison, vers les lumières de l'étage et avance sur le chemin en la portant comme un enfant endormi les soirs de fête. Elle ne pèse pas bien lourd mais l'effort coûte à ses muscles engourdis. Il lève la tête, la cale contre son buste, fixe le balcon éclairé de la demeure au loin et met un pied devant l'autre comme un forçat purge sa peine. Voilà ce qu'il aurait dû faire, ce jour-là, porter l'enfant, emmener sa mère, les mettre en lieu sûr, à l'abri de lui-même, les prévenir de l'irruption de ce chauffard au-delà du virage, les transporter quelque part à l'intérieur, l'une, puis l'autre, les asseoir sur un sofa confortable, les convaincre de faire attention, de changer de plan, de dévier leur chemin, d'aller n'importe où mais pas sur cette route où le froid les a saisies pour toujours, et par sa faute. D'un coup de reins il repositionne le corps de Juliette qui s'affaisse dans le tangage de la marche, elle a les yeux fermés, peut-être qu'elle dort. Celle-ci, il peut encore lui trouver un refuge, la protéger du froid et de quelques-unes des chimères qui la hantent. Il marche comme s'il tenait là sa dernière chance. Elle vaut son pesant d'or, se dit-il. Il arrive à la barrière du jardin, franchit les quelques mètres jusqu'au vieux four à pain, atteint la terrasse et la porte coulissante de la véranda, entre, grimpe l'escalier, pousse la porte de la chambre et tombe avec elle dans le grand lit d'un autre temps. Il remonte les draps sur ses épaules et la tient couchée au creux de sa propre chaleur jusqu'à ce que ses pieds ne soient plus aussi glacés et que sa respiration s'apaise. On n'entend que l'horloge, parfois un couinement de ressort. Alors, lui aussi, il s'endort.

*

Gilles se réveille avant que le soleil n'éclaire les champs, boxé par un sommeil aussi profond qu'inhabituel. Il jette un œil au réveil par-dessus l'épaule de Juliette. Cinq heures. Il extrait son bras de sous le corps déposé contre lui. Elle soupire, à peine. Les premiers pépiements d'oiseau crépitent dans l'air. Il se lève sans parvenir à imposer le silence aux vieux ressorts du matelas qui doit dater de la nuit de noces de Juliette. Il éteint les lumières une à une dans les autres pièces et s'enfuit sans même se faire un café.

Dans la chambre aux rideaux flottants, Juliette se retourne, le jour va se lever, encore, comme tous les jours, cette alternance d'obscurité et d'aubes blanches, la conscience précaire de tout ce qui se poursuivra quand elle n'y sera plus. Les nuages fugaces vont et viennent et dans ses rêves, Juliette retrouve des clartés, les attrape entre les pans de brouillard. Bien sûr cela pourrait encore s'éterniser comme ça pendant des mois, des années peut-être, mais à quoi bon, est-ce si grave ? Les saisons vont se succéder, les jours monter et descendre, et cela continuera longtemps, longtemps après elle, c'est du moins ce qu'elle espère.

*

De nouveau Gilles se tient au pied des marches qui longent les coteaux, bien décidé cette fois à aller jusqu'au bout. Une petite maison, a-t-elle dit, tout en haut des remparts, d'où on voit les vignes à perte d'horizon. Une maison de cette rue étroite qui forme une crête au sommet de la ville, longe la cité comme un trait en surplomb. Il avait fallu monter beaucoup, de cela elle se rappelle. Le paysage a-t-il changé ? Des pierres ont-elles craqué sous la poussée des touffes d'herbe ? A-t-elle regardé la ville de haut avant de franchir les derniers mètres, l'insignifiance des maisons et des ruelles, en bas ? Elle a dit qu'elle l'avait laissé en haut des marches, dans une maison aux volets rouges et aux croisillons serrés. La maison existe-t-elle encore ? Les volets sont-ils toujours rouges ? Les croisillons sont-ils rouillés, ont-ils tenu, ont-ils été remplacés ?

Il ignore ce qu'il va faire là-haut exactement. Il grimpe, poussé par ce secret qu'elle lui a confié à demi-mot. Peut-être cueillir une fleur devant cette maison-là, ramasser un caillou au bord du trottoir, lui rapporter un brin d'aubépine. Quelque chose pour dire : « J'y suis allé, voilà ce que j'ai ramené, voilà quelque chose à serrer entre vos doigts, un tout petit souvenir de l'hippocampe avant de l'oublier. » Il le sait bien, que les vies, même infimes, sont un trésor, il a eu le temps d'y penser, toutes ces années, depuis la gamine. Alors cette fleur, on dirait bien que c'est aussi pour elle, pour cette enfant qui n'avait rien à faire sur sa route, lui qui n'a jamais pu lui dire combien il regrettait qu'elle ait vécu si peu.

Il atteint le banc, s'arrête pour souffler. S'arrache, reprend son ascension, un pas après l'autre, il suffit d'y aller calmement après tout, ce n'est pas si compliqué. Ça fait transpirer mais ce n'est pas le bagne. Allez, les derniers mètres. Le voilà en haut. Le ciel est d'un bleu azur, décidément ce mois de mai est le plus beau du printemps. Il regarde à gauche, à droite. La rue n'est pas bien large, les maisons mitoyennes collées les unes aux autres, chacune cherchant son bout d'espace. Des chaumières ouvrières hautes et étroites, presque gracieuses dans leur sobriété et leur alignement sans apprêt. Pas de volets rouges.

Il tient la photo contre sa poitrine, épie les alentours à la recherche d'un panneau « attention aux enfants ». Pour peu qu'il existe toujours. L'air est saturé du parfum des genêts qui jalonnent les coteaux. Il scrute, pas de volets rouges, pas de panneau. Soudain dans une rue parallèle une plaque attire son regard. Elle est presque cachée par une haie mais l'inscription est bien visible sur le devant d'un poteau rouillé. Il s'approche, écarte les branches. Les saisons ont fait disparaître les lettres mais il ne faut pas être expert en calligraphie pour reconstituer l'injonction. Attention aux enfants. De l'autre côté de la rue, une façade, plus étroite que les autres, aux fenêtres entièrement recouvertes de croisillons en fer forgé. Les volets sont verts mais à certains endroits la peinture s'écaille sur un bordeaux éteint. Gilles croit voir passer furtivement une silhouette à l'étage. Il s'approche, et sonne.

Il attend quelques minutes, sonne encore. Des pas résonnent à l'intérieur. Un bruit de chaînette se fait entendre et la porte s'entrouvre. Son cœur accélère. Une très vieille dame apparaît dans l'entrebâillement du battant retenu par la chaîne. Ils se dévisagent.

– C'est pour quoi ? s'enquiert-elle.

Gilles ne sait pas quoi répondre, il reste interdit face à cette porte à peine ouverte. Il n'avait pas prévu de devoir donner des explications.

– Vous… habitez ici depuis longtemps ? tente-t-il.

La vieille dame hausse les sourcils, visiblement mal à l'aise.

– En quoi ça vous regarde ?

Il extirpe la photo de Juliette de son anorak.

– Ce n'est pas moi, c'est… Je cherche quelqu'un qui a connu cette femme. Cette jeune femme. Enfin, quand elle était comme ça.

La vieille plisse les yeux, se penche vers la photo, regarde tout de même. Secoue légèrement la tête, le fixe intensément. Son visage est mangé par les rides mais le regard est clair.

– Qu'est-ce que vous voulez ?

Gilles regarde ses pieds, s'apprête à rebrousser chemin. Il n'a aucune intention de harceler cette personne qui a l'air d'avoir cent ans.

– Apparemment elle aurait laissé quelque chose ici, il y a des années. Elle fait des cauchemars, elle rêve qu'elle ne le retrouve plus. Alors j'ai pensé…

Une vieille main cagneuse passe à travers l'entrebâillement. Gilles hésite un instant puis dépose le cliché entre les doigts noueux. Aussitôt la porte se referme. Le voilà bien avancé.

À nouveau le bruit de chaînette. La porte s'entrouvre.

– Venez.

Surpris, Gilles regarde à gauche, à droite, avant de se décider. La rue est déserte mais il se sent gêné d'être là, pris d'un sentiment d'imposture, à traîner comme ça dans la vie des autres. Un fouineur, voilà ce qu'il est. Il entre tout de même, la suit. Elle le fait asseoir au salon, sur un divan élimé. Dans un coin deux perruches sifflent à l'intérieur d'une cage. Tout est suranné, le papier peint, les meubles en acajou, les rideaux à fleurs. Le linteau de la cheminée est couvert de poussière. Elle s'excuse du désordre, précise que les visites se font rares, qu'elle n'a pas toujours le cœur de tenir sa maison. Il n'y a pas vraiment de désordre mais Gilles se dit qu'il suinte de ces pièces une immense solitude. Ce n'est pas le genre d'intérieur où il aime se trouver, d'habitude.

– Alors. Cette femme, commence-t-elle.

Elle paraît petite, assise en face de lui, les cheveux relevés en un minuscule chignon blanc.

– Vous dites qu'elle est passée par ici.

– Ce devait être il y a… longtemps. Je n'ai pas calculé. J'ignore son âge.

La vieille femme examine la photo de plus près. Hoche la tête, cette fois différemment.

– Oui. Je vois. Je pensais bien. La pauvre petite.

– Pardon ?

– 1972. L'année de Bobigny. Juste avant le procès.

– Vous vous souvenez d'elle ?

La femme se triture les doigts.

– Eh bien, comment dire… Il y en a, comme ça, qu'on ne peut pas oublier.

Elle jette furtivement un coup d'œil par-dessus son épaule. Comme si parler de ces histoires, encore aujourd'hui, demandait des précautions. Elle continue de scruter la photo, longuement, absorbée par l'image, happée dans un passé lointain, rapetissée par les souvenirs.

– Vous la connaissez ? finit-elle par articuler.

– Je… oui, nous prenons le café, quelquefois. Elle oublie beaucoup de choses. Mais pour d'autres, en fait, on dirait qu'elle commence seulement à se rappeler, ou plutôt que ça se rappelle à elle, on peut dire ça.

Son interlocutrice hausse les sourcils, se lève. Elle se dirige vers la cage des perruches et lisse la queue de la plus grande qui dépasse des barreaux. Immédiatement celle-ci cesse de jacasser. Gilles ne voit que le profil de la femme, le cou cassé vers l'avant par les années, le chandail à grosses mailles qui masque la forme du corps.

– Les souvenirs, c'est quelque chose.

Gilles acquiesce en son for intérieur. Oui, c'est quelque chose, surtout ceux qu'on ne peut partager. Il se demande soudain qui savait ce qu'elle faisait, des années auparavant, derrière ses volets rouges. Si l'interdit de l'époque lui pesait. Il n'y connaît pas grand-chose mais se souvient de cela, que ça n'a pas toujours été facile, ni permis, qu'il fallait se cacher. A-t-elle souffert de la rumeur ? S'en fichait-elle ? Depuis quand n'en a-t-elle plus parlé ? Il y a eu des drames, des procès, des combats, puis la loi Veil. Ces morceaux lui reviennent en vrac, ces questions ne l'ont jamais beaucoup préoccupé.

– Vous savez, je n'y connais rien à tout ça, dit-il avec simplicité.

Et il ignore lui-même s'il sous-entend la dépénalisation de l'IVG ou ce qui se passe dans le ventre des femmes.

Cet aveu semble soulager celle qui lui fait face. Elle fixe les perruches, soupire.

– La petite, celle de votre photo. Je veux bien vous en parler.

Gilles approuve du menton, n'ose rien dire. Surtout ne pas l'interrompre.

– Mais ça fait longtemps, vous comprenez.

Il opine encore.

D'un long doigt elle caresse distraitement le bec d'un des volatiles. Puis se met à parler sans se retourner.

– Elle était complètement perdue. Elle est arrivée terrorisée. Je l'ai fait entrer, je l'ai couchée sur ma table. Pas celle de la cuisine comme dans les histoires horribles qu'on raconte, n'allez pas croire, j'avais une table pour ça, avec des serviettes, un oreiller. Je les accueillais, je voulais qu'elles se sentent au mieux, en tout cas le moins mal possible. Je ne faisais pas ça pour le plaisir, vous voyez. Mais elle, elle avait l'air ailleurs. Comme si elle ne m'entendait pas. Je l'ai vu tout de suite dans ses yeux.

Les mots semblent se précipiter hors du vieux visage. Gilles peut imaginer ce que cela implique, ces petites vies annulées, même en conscience, même en toute nécessité. Il se concentre pour comprendre. Il est venu pour ça.

– Nous, vous voyez, on ne faisait que le début. On perçait la poche avec une aiguille, une sonde, ce qu'on avait. Avec le temps on s'était fait la main, si je peux parler ainsi, on avait appris à stériliser, même celles dont ce n'était pas le métier, à trouver l'ouverture. On déclenchait, c'était tout. Les femmes se mettaient à saigner quelques heures, quelques jours plus tard. C'était cela, le vrai signal. On avait provoqué le début de la fin, le reste se faisait tout seul, façon de parler, comprenez-moi. On n'avortait pas, en somme, on préparait le terrain pour qu'ils trouvent la sortie.

– Qui ça, ils ?

La femme se retourne, le fixe sans ciller. Gilles baisse les yeux, se sentant rougir. Quel idiot. Il repense à la petite figurine de terre. Les doigts, l'ébauche des lèvres. Cela devait faire quoi, un demi, un, deux centimètres ? Un tout petit haricot, avait dit Juliette.

– Les femmes saignaient après être rentrées chez elles, ça finissait par sortir. Ou bien elles se rendaient à l'hôpital. Certains médecins savaient et les soignaient. Des noms circulaient. D'autres préféraient ne pas savoir et les soignaient tout de même. D'autres encore refusaient de les prendre en charge. C'était illégal, ils s'en tenaient là. Je lui ai expliqué qu'elle se mettrait à saigner, après, que si c'était trop fort ou trop douloureux elle devrait consulter. Je lui ai mis sous le nez le coton avec l'éther, comme d'habitude, pour atténuer les douleurs. Je ne forçais jamais la dose, je ne voulais pas qu'elles s'endorment, juste qu'elles se détendent un peu. Alors elle était là, les jambes ouvertes, le regard fixe au plafond. J'ai commencé à chercher l'entrée. C'est là qu'elle s'est redressée sur les coudes. Je m'en souviens comme si c'était hier. Elle m'a dit, d'une voix à peine audible : « Forcez pas trop, madame, s'il ne veut pas sortir, je vous en prie, n'insistez pas. » Je me suis demandé si j'avais bien entendu. Je l'ai invitée à répéter mais sa voix était déjà molle, elle a juste murmuré : « N'insistez pas. » Je n'ai pas eu besoin de réfléchir longtemps. J'étais là pour aider les femmes, voyez-vous, les délivrer de quelque chose qu'elles ne pouvaient pas assumer, certainement pas pour les forcer à expulser ce à quoi elles tenaient, même vaguement, même sans être certaines. J'ai retiré mon aiguille. Je lui ai dit qu'elle pouvait se rhabiller. Qu'elle n'hésite pas à repasser me voir, bien sûr, si elle le désirait. C'était rare, mais cela arrivait, parfois. Qu'elles changent d'avis au dernier moment. Elle a répété, comme pour être sûre : « C'est fini ? Je peux me rhabiller ? » Je lui ai dit qu'en tout cas je ne ferais rien de plus, et que oui, elle pouvait se rhabiller. Elle s'est levée avec le même regard fixe, a saisi ses affaires. Elle a enfilé sa jupe comme une automate. Je l'ai raccompagnée ; un taxi l'attendait. Je ne l'ai jamais revue.

*

Juliette se réveille plus tard que d'habitude avec la sensation d'un grand gaillard collé contre elle. La pièce exhale sa présence. Elle étend la main, tâte les draps. Personne. Le soleil vient lui caresser le visage. Les rideaux ne sont pas fermés. Elle a dû omettre de les tirer, la veille.

Elle se lève. De la boue a séché sur ses pieds. Alors elle se souvient de Gilles, de la douceur avec laquelle il l'a bordée. Une chaleur passe dans son vieux corps. Elle fait sa toilette avec application, se poudre le visage. On ne sait jamais, des fois qu'il revienne.

La porte d'entrée s'ouvre en coup de vent. Hugo entre et la lumière avec, sa mère sur les talons. Le petit colle une bise sur les joues de sa mémé. Puis il extrait de son sac à dos un iPad et s'installe assis en tailleur dans un des fauteuils du salon.

– On n'irait pas dehors, plutôt ? suggère Lise.

À en croire le manque de réaction qui suit sa proposition, personne ne semble intéressé.

Sur la table près de la porte-fenêtre, le tapis de Scrabble est ouvert. Deux réglettes se font face, de part et d'autre du jeu, chacune assortie d'une tasse au fond de laquelle stagne un peu de café. Entre les deux, une soucoupe où traînent des miettes de pain d'épice. Des lettres en vrac se sont échappées du sac en faux velours, d'autres sont étalées sur le tapis de jeu, relativement alignées. Lise s'étonne. Les amies de sa mère ne viennent que rarement, voire plus du tout.

– Tiens, tu as reçu de la visite ? Sympa, c'était qui ? Maria ?

Une émotion traverse le visage de Juliette, un grand corps contre lequel elle s'endort, et l'impression décalée qu'il ne faut pas le dire, que cela pourrait faire du tort à quelqu'un. Elle boutonne son cardigan, jette un œil par-dessus son épaule.

– De la visite ? Non, non. Pas de visite.

Le cœur de Lise se serre. Le Scrabble en solitaire, oui, c'est une occupation comme une autre. Mais alterner les places, se servir deux cafés, simuler à ce point la présence d'un partenaire de jeu ? La maison, soudain, lui paraît trop grande. Le vide dans les pièces, les hauts plafonds, le silence dans les murs. Elle s'en veut de ne pas venir plus souvent, même si ce n'est déjà pas si mal, vu son emploi du temps.

– Comment ça, tu joues toute seule alors ?

Un truc s'accroche dans la gorge de Lise, des cris d'enfants dans la cour de récré, des copines qui se chuchotent quelque chose à l'oreille et la montrent du doigt en gloussant, et sa mère qui la rassure devant un gâteau fait maison : « Ne t'inquiète pas, mon ange, vous allez faire la paix, elles vont revenir, les disputes ça ne dure jamais. »

– Enfin, si tu veux tout savoir, poursuit soudain Juliette, oui, Maria m'a appelée. Apparemment sa fille veut m'adresser à la psychologue du gamin, celui qui a du PHI. Eh bien, figure-toi qu'à moi aussi, elle veut faire passer des tests.

– Ah oui ? Elle a dit ça ?

– Oui, précisément. Maria s'inquiète. Pour rien, si tu veux mon avis. Des tests ! Quoique, à une certaine époque, je serais pas étonnée que j'en aie eu aussi moi, de son truc là, d'être en avance. Et pas que pour la tête, je peux te le dire.

Juliette émet un petit gloussement. Lise l'interrompt :

– Mais c'est une excellente idée, ça, d'aller chez la psy du gamin. Ça fait un bout de temps que je pense à t'en parler… Qu'on soit un peu fixés, tout de même.

– Fixés ! Fixés sur quoi ? Ben voyons. Ils vont me mesurer dans tous les sens, et si c'est pas bon ils me colleront une surveillante, ou pire, ils m'enverront chez les vieux. Et puis ils me feront faire des exercices, du brèndjim ou des trucs pareils, ils me poseront des devinettes qui ne servent à rien. Non, non, non. Ça fiche le camp, ça fiche le camp, c'est pas leur gym de la tête qui va y changer quelque chose. J'ai mes mots croisés, j'ai le Scrabble, tiens l'autre jour j'ai joué avec Gilles, je te l'ai pas dit ? Ça au moins, ça me fait fricoter dans le bon sens. Après j'ai les chakras tout ouverts, autre chose que leurs machins sophistiqués là, ça me dit rien qui vaille.

Mais Lise n'écoute pas sa mère qui s'emballe. Elle se dirige vers la terrasse, refoule ses larmes, elle a besoin de prendre l'air, s'assied sur un des transats au soleil. Sa mère qui joue seule au Scrabble et dont la mémoire fout le camp. Dans le salon, Hugo a délaissé son iPad, s'est approché de la table. Il observe le plateau de jeu. Des mots, en effet, sont alignés sur le tapis, des mots qui existent. POMME. PLAGE. LAPIN. Il y en a d'autres, des plus difficiles. PIXELS, SURSIS. Pas mal pour une mémé qui perd la tête.

Il plisse un peu les yeux, se gratte la tête, quelque chose le chiffonne. C'est alors qu'il remarque le fond de la tasse en face de lui. Un reste de café au lait. Dans l'autre, il vérifie vite fait, du café bien noir.

– Mémé, tu détestes le lait dans le café. T'as changé d'avis ou quoi ?

Sa grand-mère le regarde, l'air de dire, tu débloques, mon petit chat, jamais au grand jamais je ne mettrais de lait dans mon café. Elle hausse les épaules, lasse de devoir toujours répéter les choses.

– Mais non enfin, ce n'est pas moi, mon cœur, c'est Gilles.

Hugo hausse un sourcil, dirige discrètement le regard en direction de la cave qui donne sur le corridor. Fermée. Un sourire passe sur ses lèvres. Il revoit les chaussures trouées, le visage gentil, le doigt sur la bouche. La silhouette arc-boutée sur la tondeuse. Il s'imagine alors le voleur assis là, face à sa grand-mère, en train de piocher les lettres en silence. On entend l'horloge et l'homme sirote une gorgée de café, ils sont bien là, tous les deux, à chercher des mots, à déguster des friandises et à se rappeler des choses qui n'existent pas. Alors l'enfant sourit franchement et saisit deux lettres dans le tas du cambrioleur, qu'il place sur le tapis en les croisant avec « sursis » : A-M-I. Juliette, interloquée, émet un petit rire, hoche lentement la tête. Puis elle se perd dans ses pensées sans le quitter des yeux. Ah, il en sait des choses, ce moineau. Et soudain la mer est là, dans sa tête, les vagues de Saint-Jacut vont et viennent, la marée monte. Si seulement elle avait pu le dire, il y a de cela fort longtemps, à ceux qui n'étaient pas encore nés par exemple, qu'elle avait un ami, qu'il lui prenait la main sur la plage, et bien d'autres choses encore. Est-ce qu'Hugo aurait aussi compris d'un seul regard, que parfois les amis, ça fait des secrets, qu'on les emporte jusqu'au bout de sa vie, et que ce n'est pas grave si en fin de compte on se retrouve à chuchoter des confidences à un enfant comme lui ?

*

Gilles en est encore tout chamboulé. Par cette quête jusqu'en haut des coteaux comme en apesanteur. Par la rencontre, là-haut, dans les sifflements des perruches et les mots déversés sur le divan poussiéreux. Il est redescendu précipitamment, a couru, presque, vers la ville basse. Il a sauté dans le premier bus, sans se délester des quelques piécettes qui raclent le fond de son pantalon. Tant mieux s'il ne voyait pas monter le contrôleur, mais franchement, il a vu pire. Le bus l'a déposé à l'entrée du hameau et il a parcouru la centaine de mètres qui sépare l'arrêt de la maison du bord des champs. Le voilà sur le seuil. Il palpe la photo dans sa poche. Il n'aime plus la sentir sous ses doigts, elle porte le poids oppressant de cette confession recueillie au plus haut de la ville, dont il ne sait quoi faire et qu'il a l'impression d'avoir soutirée à sa propriétaire. Il n'a plus l'habitude. Les affaires privées, c'est bon pour les autres. Il va rendre à Juliette ses questions et ses mystères et puis chacun retournera à sa vie, à ses routines, à sa déchéance. Il pousse la barrière latérale qui délimite l'avant du jardin, elle grince sur ses gonds, tiens, il faudrait aussi la graisser. Ou pas.

Il frappe au carreau de la véranda. Juliette le voit, s'approche. Une impression de connivence indéfinissable lui cause un léger vertige. Il entre en la bousculant presque quand elle le laisse passer.

– Je peux vous parler ? demande-t-il sans même s'asseoir, pantelant, le souffle court.

Elle acquiesce, recule d'un pas. Il a l'air pressé par quelque chose, nerveux, encombré. Elle se demande si c'est bien le même homme. Elle lui fait signe de s'asseoir, au moins pour qu'il cesse de gigoter. Il obéit et poursuit.

– Je suis allé voir votre dame. Celle aux volets rouges. Vous voyez, les croisillons serrés.

Elle le dévisage, perplexe. Des croisillons serrés ?

– Oui, les volets rouges. Vous savez, l'hippocampe.

Ah ! Elle hoche la tête. Oui, bien sûr. Ce trou qui la hante.

– Bon, maintenant les volets sont verts. Il n'empêche, je l'ai retrouvée.

Que dit-il ? Qu'il a retrouvé cette femme ? Comment, où ça ? Qu'est-ce qui lui a pris ?

– Eh bien, je ne sais pas si je devrais vous le dire, mais voilà. Elle se souvenait de vous.

Ah bon ? songe Juliette, qui, pour sa part, se la remémore à peine. Le regard bleu perçant sur le pas de la porte. Les volets clos. Elle doit s'asseoir à son tour. Comment cette femme dont elle a du mal à reconstituer les traits peut-elle se souvenir d'elle ? Comment sa propre mémoire a-t-elle pu fermer cette porte, s'enfoncer dans cette béance pour n'en garder que des bribes décousues ?

– En fait, elle m'a raconté.

Juliette écarquille les yeux. Agite une main fébrile. Elle a la sensation de deux gros rayons intrusifs qui pénètrent en son for intérieur. Elle n'est pas sûre de vouloir entendre la suite.

Elle boit une gorgée d'eau, remue les pieds. Puis cesse de s'affoler et se redresse.

– Allez-y.

Gilles semble embarrassé à présent, engoncé dans le fauteuil, le visage tendu.

– Vous êtes sûre ?

Non, elle n'est pas sûre. Bien entendu. Toute certitude est compliquée avec ce cerveau qui chancelle. Mais elle répète : « Allez-y. » Alors il se lance, en partie parce que son regard le supplie, en partie pour se débarrasser de cette histoire qui le submerge et dont il ne comprend pas tout.

– Manifestement, vous ne vouliez pas aller chez elle. C'est ce qu'elle m'a dit. Elle n'a pas insisté. Mais si j'ai bien compris, il y a eu une histoire de poche dans votre ventre qu'elle n'a pas eu le cœur de percer. Bref, quand vous êtes repartie, c'est certain : le... la petite chose était toujours là, à l'intérieur.

Juliette se concentre, tente de donner sens aux mots que prononce la bouche face à elle. Le même nez que son père. On n'a pas percé la poche. Le poisson n'est pas sorti. Mais donc, où est-il ?

Quelque chose lui revient alors, quelque chose qu'elle sait. En voyant ce grand homme triste et solide qui se tient devant elle et lui dit cela, que personne n'a forcé l'hippocampe à sortir, des mots refluent, des impressions. En se tenant là, calmement et sans bouger, après avoir débité ces paroles : « Il n'est pas sorti,

Juliette, il était toujours là quand vous êtes repartie, et certainement après aussi », l'homme autorise les images à remonter, profondément enfouies au tréfonds d'elle, sorties de brumes épaisses, elle le savait, sous des paquets de honte et de silence. De toute évidence. Quelque chose que des puissances plus écrasantes l'avaient forcée à oublier. La loi. L'honneur. La soumission. La condition féminine. L'époque. La réputation. Avant que tout ne se perde, enfin, quelque chose se met à balbutier. Elle a toujours su sans savoir, une ombre suspendue au-dessus de leurs vies.

La maison aux volets rouges. Elle entre.

La dame dit, vous saignerez dans quelques heures, dans quelques jours.

Elle murmure, je vous en prie, n'insistez pas.

La dame la regarde, chuchote, ma parole, ma pauvre petite. Vous n'êtes pas prête.

La faiseuse d'anges repose ce qu'elle tenait en main.

Juliette n'a jamais saigné.

*

Gilles est parti, elle s'est rassise et la rumeur s'est enroulée dans les rideaux, s'est glissée sous les portes. Le vent fait craquer les murs. Les aiguilles poursuivent leur litanie, se mettent à raconter. Cela remonte. Cela ressort. Ce chant qu'elle a entendu, qui est venu, revenu, bruire dans son cou, souffler sur ses paupières. À chaque fois elle l'a fait taire, balayé d'un revers de main. Cet éclat dans les yeux de son enfant. Ce qu'elle voyait parfois qui passait furtivement dans la lumière du soir. Le doré de l'iris qui éclaire à peine la pupille sombre. Le tranchant du menton. Le soyeux de ses cheveux foncés les soirs d'été. Quelque chose, une expression qui emmenait Juliette à des années-lumière. Puis la nuit tombait, la vision s'évanouissait. Juliette reprenait son ouvrage. À présent se succèdent sous ses yeux ces expressions fugaces, ces passages de silence, ces rappels éthérés de l'interdit sur le corps et le visage de sa fille.

Elle n'avait pas saigné. Non, c'est bien cela. Elle n'avait pas saigné. Elle n'avait pas eu mal, non plus.

Les yeux de Lise, captés à la sauvette, abandonnés sur l'horizon. Le ciel de Bretagne que sa fille n'a jamais vu.

La rumeur enfle, la rumeur perdure. Les aiguilles s'affolent. Dans la tête de Juliette, dans les yeux de Lise, au milieu des réminiscences incertaines monte la rumeur des champs. Rhabillez-vous, mademoiselle. Rhabillez-vous, je n'irai pas plus loin.

Quelques semaines de plus, quelques semaines de moins. On n'était pas si précis à l'époque. On laissait faire, on n'avait pas le choix. Les enfants poussaient dans les ventres, à l'abri, on les laissait venir, on ne les scrutait pas, combien de millimètres, combien d'orteils, de pulsations. Les nausées s'étaient arrêtées. C'était fini, la preuve. Elle s'était mariée. Elle s'était arrondie. On laissait les petits grandir dans des entrailles sauvages, livrés aux hautes lunes, non monitorés. Ils faisaient leur chemin comme bon leur semblait, ils attrapaient un cœur, des doigts, des yeux, parfois ça poussait de travers, c'était comme ça, personne n'y trouvait rien à redire, on n'avait pas accès aux coulisses. Alors s'ils venaient un peu trop tôt, un peu trop tard, c'est qu'ils étaient prêts, ou pas encore, ils avaient dix doigts, deux oreilles, une bouche, c'était déjà bien ; les femmes restaient couchées, parfois, sur la fin, mais l'enfant finissait de toute façon par n'en faire qu'à sa tête. Lise était née. Une autre vie avait commencé pour Juliette. Les émois de sa jeunesse étaient restés accrochés quelque part sous le ciel de Bretagne. La petite chose abandonnée derrière les volets rouges. La petite chose restée en suspens. La petite chose, temporairement en friche, tapie dans les entrailles de sa mère en attendant qu'on lui donne un nom. Rhabillez-vous, mademoiselle. Au fond ce n'était pas fini.

La rumeur a cessé de gigoter. Les lueurs ne dansent plus sur les murs. Dans le salon de Juliette le tic-tac de l'horloge résonne comme un battement de cœur. Il s'amplifie pendant que le puzzle de sa vie se recompose et se dépose. Elle le savait, elle l'a toujours su. L'enfant de Jean, le petit hippocampe fantôme qui n'a pas voulu sortir si tôt, finalement. Elle aurait tant aimé qu'il soit son père. Il n'a pas tenu le rôle de père, mais il l'a conçue. Il ne l'a pas fait tournoyer dans les airs au soleil. Il n'a pas pris sa petite main pour aller voir la neige. Il ne l'a pas photographiée sur la plage de Bretagne, où ils seraient retournés, c'est sûr, si la vie avait pris un autre tour. Il n'a pas assisté à ses premiers pas. Il n'a pas éclaté de rire en la voyant se barbouiller de crème au chocolat. Il ne l'a pas serrée dans ses bras quand elle a prononcé ses premiers mots. Un autre a fait tout ça. Papa. Félicien. Jean ne sait pas qu'elle a ses yeux.

Alors elle se rend compte. Elle n'a jamais fait le deuil de cet enfant-là, celui dont il aurait été le père. Celui qu'ils auraient bercé, choyé ensemble. Qu'ils auraient accompagné à l'école, sa petite main accrochée à leurs doigts. Qu'ils auraient tenu à vélo sur les chemins des champs en riant de sa joie. Qu'ils auraient emmené voir la mer, l'horizon orangé sur ces nuits où il a pris racine. Cette part de Lise qui vient d'ailleurs. Lui en a-t-elle voulu, d'être cette enfant-là ? Cette enfant fabriquée dans un amour immense, mais inachevé ? Une larme perle au bord de ses yeux rougis. Ce n'était pas seulement la honte qui l'empêchait de voir tout ça. Pas seulement le secret, le silence. C'était aussi l'amour.

Se peut-il qu'à la fin, à la toute fin, quand la vie part à vau-l'eau, les choses nous apparaissent ? Juliette a cessé de tricoter. La lumière sur les champs a changé de teinte. Deux mondes se superposent. Deux visages, ou trois. Une existence façonnée par plusieurs appartenances. Et dans cette multiplicité, soudain, elle voit Lise. C'est bien de là qu'elle vient. De ce kaléidoscope dans lequel, pour la première fois, enfin, elle la reconnaît, sa petite, l'enfant tant espéré, son bébé hippocampe.

5

Quelqu'un est entré. Juliette la connaît. Elle ne sait plus comment elle s'appelle. Le prénom est retenu derrière ses yeux par de grands oiseaux blancs. Elle aimerait le retrouver, juste pour pouvoir le prononcer. Il est là pendu au bout de sa langue. Impossible à décrocher.

La visiteuse s'approche, ôte son masque. Elle la connaît, du fond des âges. Elle sait qui c'est. Elle ne parvient plus exactement à mettre le doigt dessus. C'est une femme, encore jeune. Elle est jolie, elle lui sourit. Juliette éprouve pour elle une tendresse infinie. Elle approche l'index du visage connu et lisse le menton, l'arête volontaire, d'un geste doux et assuré. Un éclat de surprise passe dans les yeux de celle qui lui fait face. Des yeux qui lui rappellent quelqu'un.

– Comment ça va, Maman ?

Juliette regarde celle qui l'appelle Maman et dont elle ne parvient plus à retrouver le nom. De nouveau cet élan dans son cœur. Elle lui prend la main, l'étreint. La personne retire son bras, se dirige vers la cuisine. Elle revient avec des biscuits, du thé, et entreprend de les lui servir. C'est Lise. Lise. Lise. Le prénom est revenu comme un boomerang. Il a atterri dans sa tête. Maintenant il cogne en elle sans s'arrêter.

Elle a quelque chose à lui dire. C'était là il y a cinq minutes. Quelque chose d'important. Elles boivent leur thé sans échanger un mot et il semble à Juliette n'avoir jamais rien fait en silence en compagnie de Lise. Ou peut-être que si, mais elle a oublié.

Le temps passe et Lise reste assise à côté de sa mère. Leurs tasses sont vides, un vide qui envahit toute la maison. C'est drôle, ce silence. Elles n'ont pas l'habitude. Est-ce l'absence dans l'esprit de Juliette qui absorbe la conversation ? Est-ce autre chose ?

– Le petit n'est pas là ? finit-elle par s'enquérir.

– Il est resté avec son père. Désolée, Maman, mais je n'ai pas beaucoup de temps.

Ah ! son père.

– Au fait… On va devoir parler.

Oui. Ça Juliette le sait.

– Lise, avant qu'on parle, je dois te dire quelque chose.

Elle fait une pause, réfléchit encore.

– Je dois te parler de Saint-Jacut-de-la-Mer.

Le nom sort de sa bouche sans aucune difficulté. Ce n'est pourtant pas un mot facile.

– Saint-Jacut-de-la-Mer ? Tu dois me dire quelque chose à propos de Saint-Jacut-de-la-Mer ? Tu as déjà mentionné cet endroit l'autre jour. Je n'y suis jamais allée. Pourquoi là-bas ?

Juliette secoue la tête. Elle n'est pas certaine. Ce serait bien qu'elles s'y rendent, toutes les deux.

– Maman. Moi aussi je dois te dire quelque chose. J'ai promis à François de t'en parler. Je crois, enfin, nous croyons… que tu ne pourras plus rester seule ici très longtemps.

Juliette baisse les yeux sur le carrelage. Il doit être midi. À vue de nez. À qui sont ces jambes ? Ces horribles veines ? Elle relève la tête, tente un demi-sourire aussi pincé qu'un tic, ose une parole inattendue.

– Tu pourrais t'installer ici. Quelque temps. Avec moi.

Lise regarde sa mère avec étonnement. L'éventualité ne lui a jamais effleuré l'esprit. Elle tente de fuir le visage implorant qui lui fait face. Son cœur se serre.

– Je ne peux pas, Maman. C'est impossible.

– On s'assiérait au soleil. On donnerait à manger aux oiseaux. On irait à Saint-Jacut-de-la-Mer. Je te raconterais des histoires.

Elle dit ça dans un souffle.

L'oreille tendue, Lise approche un peu sa chaise. Elle n'a pas souvenir d'avoir déjà entendu ce timbre rauque dans la voix de sa mère. Un ton calme et presque rêveur.

– On verra. Pourquoi pas ? Il faut s'organiser. Ce n'est pas si simple.

Juliette regarde Lise au fond des yeux et cette

impression ne la lâche pas, la sensation de la contempler pour la toute première fois. Elle la voit autrement. Ses traits se sont déplacés.

– Si, mais si, voyons. Bien sûr que c'est possible. Tout est possible. C'est très simple.

Puis Juliette quitte les yeux de sa fille et dérive de nouveau vers un lointain inaccessible. C'est terrible, cette fatigue. Une lame de fond sans fond, ça commence par la tête, les épaules, ça lui prend tout le corps. Sa nuque ne tient plus rien et son menton s'affaisse contre sa poitrine. Elle dort.

Lise se lève, regarde à travers la porte-fenêtre. Elle observe la pelouse, taillée comme il faut. Un mystère. Elle n'imagine plus sa mère tondant le gazon. Les champs sont beaux sous le soleil, ces terres vers lesquelles l'esprit de Juliette est si souvent aspiré. Soudain elle n'a plus envie de partir.

Sur la table du jardin, une petite flaque en demi-teinte attire son attention. On dirait une photo. Elle fait coulisser la porte-fenêtre, s'approche, la saisit. C'est une image d'un vieil album de la commode, elle la reconnaît. Sa mère doit l'avoir sortie du tiroir, contemplée puis oubliée sur la terrasse. On y voit Juliette, un début de rondeur sous une robe courte à motifs fleuris, un foulard noué dans les cheveux. Elle sourit à celui qui prend la photo, son père probablement. C'était toujours lui qui se chargeait des clichés, l'objectif lui permettait d'observer les choses, l'appareil vissé à l'œil comme un bouclier pour garder à distance les autres qui l'intimidaient, ou qui l'ennuyaient. Pourquoi avoir extrait cette photo-là ? Lise ne l'a jamais vue que scellée dans le plastique transparent qui protège les images pâlies des albums d'autrefois. Machinalement, elle la retourne. Une note au crayon, un peu passée elle aussi, recouvre le coin supérieur gauche du verso. L'écriture fine et déliée de son père. Lise plisse les yeux. Juillet 1972. Elle relève la tête, perturbée par quelque chose qui s'agite dans son esprit comme une mouche qu'on ne parvient pas à attraper. Un corps flottant sur la rétine. Juillet 1972, et sa mère déjà ronde. Quelque chose cloche, un hiatus s'ouvre et tire un faisceau de perplexité sur le calendrier intérieur. Cette note au crayon ne trouve pas sa place dans le décours connu du temps.

Juillet 1972. Ses parents ne se sont-ils pas mariés en mai de la même année ? Juste deux mois avant, aux dix-neuf ans de Juliette ? Elle se rappelle sa propre grossesse, sur le tard, son envie, si tôt, de le dire à tout le monde, enfin c'était son tour, son impatience à sentir sur elle ce regard que l'on pose sur les futures mères, mélange d'admiration et de jalousie qui scrute le mystère absolu de ce ventre se déployant sans effort apparent. Pendant trois mois au moins, rien, à peine une petite bosse dans ses jeans trop justes, rien d'aussi clair que la présence d'un enfant. Alors ce rebond sous le nombril de sa mère ? Elle se prend à sourire, ils ont dû s'aimer avant l'heure malgré l'interdit de l'époque. Mais son visage réjoui s'éteint sitôt qu'elle repense à son père. Lui si campé dans ses principes, si sûr de la part de prodige dans l'intervention du destin quand il racontait des histoires, leur histoire. « Je regardais ta mère en cachette, ma Lisette, elle était si belle, tu sais, je n'osais même pas lui parler. Quand elle m'a dit oui j'en ai eu le souffle coupé, je n'en croyais pas ma chance, c'était la plus jolie, j'en tremblais de la tête aux pieds. J'ai pris tout ce qu'elle avait à me donner. On s'était à peine embrassés qu'on était mariés. Et puis toi tu es arrivée, je n'en reviens toujours pas, plus adorable que dans mes rêves les plus fous, moi qui m'imaginais finir en vieux garçon, le nez dans mes comptes et les fonds de pantalons usés. Vous étiez là, chaque matin mes merveilles, ta mère mon grand amour et toi mon petit soleil. Je n'aurais pas pu mieux tomber. »

Que voulait-il dire, au fond, « j'ai pris tout ce qu'elle avait à me donner », « je n'aurais pas pu mieux tomber » ? Son père tant aimé, ce père dont elle a le sourire mais pas la bouche, ni les yeux, ni les cheveux roux qui n'ont rendu les armes pour le gris que vers la toute fin de sa vie. Lise jette un œil vers le fauteuil à bascule. Elle revoit ces fantômes qui défilaient dans les yeux maternels, le regard lointain parfois, les mains qui soudain lissaient avec vigueur une jupe froissée, se frottaient les joues, s'obligeaient à revenir. Elle déchiffre de nouveau l'écriture fine au dos de la photo. Juillet 1972. Lise est née le 20 novembre. « Un bon gros bébé », avait dit le docteur. De mai, date de leur mariage, à juillet, date de la photo, il n'y avait pas trois mois. Félicien aurait-il mélangé les dates ? La photo ne pouvait avoir été prise qu'au mois d'août, voire en septembre… Son père avait dû confondre, à deux mois près, ce ne sont jamais que quelques semaines. Oui, si ce n'est qu'en matière de chiffres, de dates, de calculs, son père, et c'était de notoriété publique, ne se trompait jamais.

Elle repose la photo, pensive, se tourne vers la silhouette de sa mère endormie. Après avoir doucement refermé la baie vitrée, elle tire une chaise, s'assied près de la fenêtre et observe la vieille dame allongée dans son fauteuil. Un filet de salive coule de ses lèvres entrouvertes et elle ronfle légèrement, la tête penchée sur le côté. Lise saisit un coussin et le glisse derrière sa nuque puis caresse le front fripé. Elle voudrait la protéger ; c'est de la folie, sans doute, de la laisser seule ici. Cela fait des années qu'elle ne l'a pas regardée dormir. Elle est si frêle, tout à coup, et cette vulnérabilité la choque. Sa mère à qui elle a toujours voulu plaire sans jamais y parvenir. À la voir ainsi, avec ses joues creusées par le sommeil, ses pommettes saillantes, son cou plissé, Lise se sent envahie d'une grande tendresse. Une affection fragile et forte comme le lien qui les unit.

À travers la porte-fenêtre de la véranda, un homme observe les deux femmes. Il reste là, dans les lueurs du jour qui décline. C'est lui qui vient de déposer la photo sur la table du jardin, ce cliché qu'il a gardé dans sa poche et dont il voulait se défaire. Il s'est caché quand Lise est sortie. Il l'a vue le saisir entre ses doigts. Son air interrogatif. Le pourquoi de ce froncement de sourcil lui échappe mais bon, c'est bien. Il va les laisser, toutes les deux. Soudain il a très envie d'appeler sa propre fille.

*

Juliette, dans la cuisine, appuyée à l'évier, les mains crispées sur l'inox, fixe sans ciller le robinet qui coule. Sa robe est mal fichue, toute de travers, elle a eu bien du mal à la boutonner. Deux paquets de lard ont été déposés sur le plan de travail à côté. Qui donc a mis ça là ? Une bouteille d'huile est ouverte à droite du gaz allumé, une poêle est posée sur le feu, chauffée à blanc. Rien ne cuit, excepté la poêle, et Juliette ne fait pas un geste, sauf de la tête, de petits mouvements saccadés, son regard va de l'eau qui jaillit du robinet aux paquets de lard, puis de nouveau au mitigeur. Depuis quand le lard apparaît-il, comme ça, dans les cuisines ? Quelqu'un était là, il avait réparé le robinet, elle l'aime bien, il ne faut pas trop en parler, où donc est celui qui l'appelait chérie ? Elle s'accroche à l'évier, fixe la poêle, inspecte le sol. Il y avait ce petit œuf, ça oui, et cette histoire à saisir, grain de raisin, grain d'orge, point mousse, point de blé. Une poêle chauffe sur sa droite, la chaleur se répand jusqu'à sa main crispée sur le rebord, comment faire pour étouffer cette fournaise ? Si l'homme était là il prendrait la pince et arrêterait le feu, mais elle, elle ne sait pas comment faire. Alors d'un coup elle attrape la poêle en fonte, le manche lui brûle la paume, c'est beaucoup trop chaud mais elle ignore comment s'en dessaisir. Elle se met à souffler, souffler sur la flamme pour l'éteindre, souffle encore mais rien n'y fait, la flamme réapparaît aussitôt, plus vaillante encore, et le manche lui reste dans la main. « Joyeux anniversaire, Juliette, joyeux anniversaire, Juliette »... Elle souffle plus fort, à s'époumoner. Il y avait des bougies, il fallait les éteindre toutes, d'un coup si possible. Jean lui avait offert un cadeau, une poupée magnifique avec de grands yeux bleus qui se fermaient quand on la couchait. Elle l'avait bercée, câlinée des heures et des années durant, c'était le plus beau des cadeaux et de tous ceux qui lui en offraient Jean était son préféré.

Elle fixe encore la flamme, s'affole un peu. Où l'homme a-t-il donc mis l'outil ? Ah, tous les mêmes, ces voleurs, d'ailleurs il entrait sans frapper, c'est ça, ça lui revient.

Elle se dirige vers la cave, les phalanges toujours vissées à la poêle, pousse la poignée avec méfiance, un jour Hugo l'a trouvé là, ce voleur, le gentil petit n'a rien dit mais elle, elle a bien vu quand il est remonté, elle a tout compris dans son regard. Gilles ne lui a pas fait de mal, il ne ferait pas de mal à une mouche. Elle pose son pied sur la première marche, cherche l'interrupteur, et là d'un coup la terre s'entrouvre, sa jambe lâche comme un vieux morceau de bois, elle tente de se rattraper au plafond mais c'est déjà trop tard, elle tombe au fond d'une crevasse dans sa propre maison, rebondit dans le noir sur les marches en béton et dégringole jusqu'en bas. Dans sa tête les yeux de la poupée la fixent encore un instant, ils s'ouvrent et se ferment tout seuls : assise, ouverts ; couchée, fermés.

6

Lise pousse la porte de la résidence. Comme à chaque fois l'odeur la dérange, mélange de désinfectant, d'huiles essentielles et de potage refroidi. Elle tire par la main son fils qui traîne en faisant des sourires aux squelettes en robe de chambre, avant d'appuyer sur le bouton pour appeler l'ascenseur.

– Maman, tu la connais celle-là ? C'est Toto qui va à la boulangerie. Le boulanger lui dit : « Aujourd'hui, le deuxième pain au chocolat est offert. » Alors Toto lui répond : « Bon, ben donnez-moi juste le deuxième ! »

Le gamin se bidonne tout seul. Lise ébauche un sourire et regarde défiler les murs et les fils électriques à travers la porte vitrée de la cabine automatique de cette résidence dernier cri, sans mauvais jeu de mots. Ils tournent à gauche dans le couloir, et Hugo lâche la main de sa mère pour se précipiter vers la chambre 217. Il frappe, entrebâille légèrement la porte.

– Mémé ! C'est nous !

Ladite Mémé est assise dans un fauteuil face à la

fenêtre, un tricot ravalé entre ses mains crispées, exactement dans la même position que lorsqu'ils l'ont laissée deux jours auparavant. Elle semble scruter quelque chose au-delà des arbres. Lise s'approche, dépose le tricot sur la table de nuit, s'accroupit devant sa mère, attrape ses mains.

– Maman, c'est moi.

Juliette tourne lentement la tête et acquiesce.

– Enfin, te voilà.

Et plus bas :

– Ça fait des jours et des jours que je n'ai vu personne. Que des fantômes.

Hugo dépose un baiser sonore sur sa joue, la fixe en souriant.

– Mémé, t'exagères, là ! On est passés avant-hier, regarde, ces fleurs-là, elles sont de nous !

Juliette plisse les yeux. Des fleurs ? Pour qui ? Ah oui, elle les voit. Jaunes, dommage. Elle préfère les pervenches. Il y avait des fleurs, avant. Il en poussait dans son jardin. Et aux fenêtres. Elle accrochait des pensées, dans des bacs bien garnis, c'était quelque chose, de loin, tous ces reflets bleus sous les vitres.

Lise approche une chaise et s'assied. Hugo vient se coller contre ses genoux. La tête de Juliette se tourne encore vers le petit, et on ignore si elle le regarde lui ou quelque chose au travers. Puis elle semble se ressaisir et avance une main tremblante vers la joue de l'enfant. Un doigt se pose sur la peau pâle et ourlée. Déjà l'absence la rattrape.

Lise a le cœur en berne. La fenêtre est large mais tout de même, les champs dont sa mère contemplait les sillons qui filaient vers le sud, les vignes au-delà alignées au soleil, tout a disparu. Ses yeux privés de la lumière familière qui lui indiquait l'heure, même quand elle ne savait plus où en était le jour. Les repères enchâssés à même la peau, l'évidence des habitudes qui affleure à la conscience. Je me suis perdue, ma fille, semble dire son regard, je n'entends plus le tic-tac de l'horloge, je ne sais plus où mène le chemin qui serpentait sous ma fenêtre, qui arrosera les fleurs ? Que raconte ce silence sans oiseaux, sans fin ? D'où sort cette vitre immaculée que je ne saisis pas, n'y avait-il pas des pensées, avant, dans les bacs derrière mes carreaux ? Je ne sais plus ce que j'attends, si j'attends encore, il n'y a rien qui mène au bout des champs, plus l'ombre d'un souvenir, l'envie s'en est allée, penses-tu, on ne voit rien depuis cette fenêtre trop haute. Où est le chat, et ma soupière, et la nappe à carreaux de la mère de ma mère ? Où donc m'a-t-on mise ? Vais-je m'éveiller ? Il y a une dame en face de moi, et un enfant, ils me regardent, je pense qu'ils m'aiment bien. L'enfant, on dirait qu'il a quelque chose à me dire, moi qui n'ai pas avancé d'un rang depuis ce matin sur ce foutu tricot. Est-ce qu'ils attendent que j'en finisse ? Tiens, voilà qu'ils se lèvent, vont-ils déjà partir ?

Lise quitte sa chaise et déplie le Scrabble sur la petite

desserte qui fait office de table de salle à manger. Hugo s'assied en face d'elle et réfléchit, la tête entre les mains. Il s'empare des lettres, les permute, essaie de nouveau.

– Est-ce que ça existe, Maman, « facoche » ? Je peux faire « facoche », c'est classe hein comme mot ?

Lise ne sait pas, elle dit qu'il peut regarder sur Google, il n'a qu'à prendre son téléphone dans son sac.

– Tu veux dire dans ta « facoche » !

Et il pouffe de rire.

Sa mère, elle, ne rit pas. « Facoche », ça n'existe pas, mais au fond qu'en sait-on ? Et si « sacoche » n'existait que dans nos têtes ? Lise est prise de vertige, soudain le mot « sacoche » lui paraît absurde, des lettres noires et blanches qui ne veulent rien dire du tout sur fond de ridicule. Que ferait-elle si tout à coup les mots perdaient leur sens et qu'elle se retrouvait démunie, à surnager au milieu d'expressions énigmatiques ? Si on s'adressait à elle dans une langue qu'elle ne comprend pas en lui assurant qu'elle est censée la comprendre ? Si son interlocuteur tapait du pied en attendant la réponse, comment est-ce possible, vraiment, comment est-ce possible que tu ignores ça ?

Lise s'interroge sur ce qui lui a pris d'emmener Juliette ici, dans ce lieu qui sent l'éther et le vieux potage. Mais que pouvait-elle faire d'autre ? Elle a eu si peur en la trouvant dans la cave, et dans la cuisine, ce gaz ouvert sur rien du tout qui, Dieu merci, n'avait pas mis le feu à toute la maison.

Elle se lève, colle un baiser sur le front de sa vieille maman toujours recroquevillée dans son fauteuil. Pas si vieille, pourtant. Mais en deux mois la peau s'est tendue, toute fine et si pâle. La bouche s'est creusée. Les doigts se sont tordus. L'éclat a disparu des beaux yeux incertains.

Lise soupire en rhabillant Hugo. Ils s'éclipsent en laissant la porte ouverte et le tapis de Scrabble toujours déplié sur la table unique, FACOCHE en point d'interrogation, comment savoir, en fin de compte, ce qui réellement existe.

*

Gilles a repris ses routines en cercles concentriques autour de l'ancien Matin Nova. Un pas après l'autre, il faut bien que la journée se passe. Les pousses d'herbe dans le béton. Son reflet déformé dans les vitrines. La nourriture dans les poubelles. La fontaine. Le mauvais sommeil.

Il reste en ville, désormais. Cette histoire lui a échauffé le sang. Il a bien failli serrer Juliette trop fort. Préparer le déjeuner, tondre la pelouse, pour un peu il en aurait pleuré. Une vie sans maison, ça vous décape. Sans divan à soi, sans nulle part où poser sa fatigue et ses fesses. Sans photos, sans murs où les accrocher. Il n'avait plus touché personne depuis combien d'années ? Une peau veineuse comme si elle allait s'écaler, une sensation fine comme l'asphalte n'en autorise jamais, lointaine comme l'enfance. Le bitume, c'est une chose. Les nuits dehors. L'écœurement, la lente asphyxie. Mais comment faire sans ce velours-là, sans la rivière du corps d'une femme ? Sans la peau de la mère de Chloé, avant la fatigue, avant l'indigence ? C'est fini, tout ça. Les maisons des autres, c'est bon pour regarder à travers la fenêtre, cela vaut mieux. Il n'entrera plus.

Parfois une vieille dame dans la rue lui fait penser à Juliette. Une démarche hésitante, une élégance dans le port de tête. Il garde au creux de la main une chaleur oubliée, là où elle a posé la sienne. Une étoile fragile, un petit caillou de tendresse. Ça lui tient chaud, la nuit.

Il lui arrive de croiser le grand type anguleux du square. Ils se jettent un regard en coin, Gilles se garde d'envahir sa zone. L'autre sort sa bouteille de sous sa veste et l'agite vers lui comme une invitation, les yeux creusés entre les pommettes saillantes, le sourire moqueur et amical. Gilles serre les poings, lui fait un signe, et s'empresse de filer dans l'autre direction.

Qui sait, il pourrait trouver un petit job, un truc de rien, balayer les rues, surveiller les parcs, de quoi gagner quelques euros. Boire le café avec des pièces méritées de son labeur, si le bistrot rouvre un jour ses portes. Il rêvasse, il rêvasse, et il marche.

Il déplie l'emballage avec des frites dégoté dans une poubelle. Elles sont encore tièdes, il a vu le gars s'en débarrasser. Frites-mayonnaise avec un bout mordu de chicken nugget. Pas mauvais. Ça lui cale le ventre, il s'en lèche les doigts. Il fait quelques pas, jette le cornet vide dans la même poubelle, se rince à la fontaine. L'eau est fraîche, le bassin scintille dans le soleil de midi. Des enfants jouent sur la place. Vivants. Ça va. Il pourra bien tenir un jour de plus.

*

Une infirmière est entrée, un plateau à la main.

– Madame ! Votre repas ! Ah, votre fille est là. C'est chouette, ça, de la visite ! Alors, quelles sont les nouvelles ?

Elle dépose le plateau sur le meuble à roulettes dont elle fait coulisser l'extension pour la placer au-dessus des genoux de Juliette. Purée, steak haché, épinards. La soignante, tablier, chaussures orthopédiques et charlotte, attrape les coudes de Juliette et les place sur la tablette, lui glisse une cuiller dans la main. Puis se tourne d'un bloc vers Lise.

– Votre mère ne mange plus grand-chose, vous savez. Je dois bien vous le dire, on est un peu inquiets.

Puis, s'adressant à Juliette en haussant de trois tons :

– N'est-ce pas, madame, on en a parlé hier hein, il faut manger un peu, tout de même !

Et de nouveau vers Lise, plus bas :

– Elle ne veut pas aller au réfectoire, même faire trois pas dans le couloir c'est trop.

Lise se penche vers sa mère.

– C'est vrai, Maman ? Tu ne manges pas assez ?

Juliette hausse les épaules, l'air de dire, j'aimerais vous y voir, moi, dans ce réfectoire qui ressemble à la cour des Miracles. L'infirmière, du menton, pointe l'assiette, puis empoigne le couvert et le tend à Lise. Celle-ci hausse les sourcils, perplexe.

– Je ne vais tout de même pas… la nourrir à la cuiller, si ?

– On n'a plus vraiment le choix, madame. À un moment donné, c'est ça ou la sonde.

– C'est quoi, la sonde ? demande Hugo en relevant la tête de son dessin de Spiderman.

L'infirmière se tourne vers lui comme si elle découvrait sa présence.

– Eh bien… c'est un petit tuyau, mon chéri, qu'on glisse du nez jusqu'à l'estomac. Comme ça on n'a pas à mâcher la nourriture, ça entre tout seul, tu vois, c'est pratique.

Hugo ouvre des yeux ronds. Le tuyau dans le nez, il connaît. C'est comme ça qu'on lui remet de l'air quand il n'en a plus assez. Mais avec de la nourriture, quelle drôle d'idée. Manger par les narines. Et si les crottes de nez passent avec ?

– Allez, venez, dit l'infirmière en feignant l'enthousiasme, on va faire ça ensemble. Hein, madame, vous allez nous aider, pas vrai ?

Et elle se campe devant Juliette, s'empare de la cuiller

qu'elle garnit copieusement et la promène à coups de grands « mmhhhh » sous le menton impassible.

– Ça a l'air bon, regardez-moi ça. N'est-ce pas que ça a l'air bon, bonhomme ?

Elle lance vers Hugo un regard entendu.

Celui-ci quémande des yeux l'approbation de sa mère, ne sachant pas trop ce qu'on attend de lui. Lise ne bronche pas, visiblement aussi désarçonnée que son fils.

– Bof, la purée…, tente Hugo.

– Mais si, allez, madame, quelques bouchées et c'est fini.

Madame, les yeux dans le lointain, ne desserre pas les dents. Tout ce qu'on nous fait avaler, voilà ce qu'elle pense. La phrase tourne dans son esprit sans qu'elle puisse mettre le doigt dessus. Ça galope, ça galope, des mots sans fin, sans queue ni tête.

L'infirmière approche la portion de la bouche contractée, entrouvre les lèvres et donne un petit coup de métal sur les dents, un infime coup de marteau, *tic tic*, Sésame, ouvre-toi !

– Parfois ça aide, annonce-t-elle en s'adressant à Lise, de forcer un rien le passage.

Tout ce qu'on nous fait avaler. La phrase poursuit sa doléance. Juliette se fiche du mantra qui tournicote, elle resserre les lèvres et d'un adroit mouvement de tête envoie valser le contenu de la cuiller sur la charlotte immaculée de la bien intentionnée soignante.

Celle-ci, sans se troubler, elle en a vu d'autres, poursuit son effort, recharge le couvert.

– Allez, on y retourne.

C'est reparti. L'infirmière ouvre la bouche avec les doigts de l'autre main, et *tic tic tic*, le petit burin sur les dents de Madame, un peu plus fort cette fois. Lise retient sa respiration.

– Elle a raison, Maman, enfin, tu dois manger…

Sur son coin de table, Hugo a cessé de dessiner. Il fixe les deux femmes. Son regard passe de l'une à l'autre puis soudain il s'écrie :

– Mais… pourquoi vous insistez ?… Elle n'a pas envie ! Ça se voit, non ? Pourquoi vous lui demandez pas à elle ?

À ces mots, Juliette relève lentement la tête. Son menton oscille de bas en haut, habité par un mouvement infime. Son joli moineau. Coccinelle, demoiselle… Les yeux semblent acquiescer d'une lueur muette. Quelque chose remonte du fond d'elle-même, un mince filet qui balbutie à travers ses lèvres scellées. *Je vous en prie, n'insistez pas.*

– Vous dites ?

L'infirmière tend l'oreille.

Juliette s'applique à répéter, malgré la cuiller qui menace de lui forcer le passage, et enfin c'est clair aux oreilles de tout le monde :

– N'insistez pas.

– Vous voyez ! s'exclame Hugo.

Lise croit déceler une pointe de sourire sur le visage de sa mère.

L'infirmière repose la cuiller.

– Mais c'est bien, ça, madame, d'exprimer ses opinions ! Allez, on progresse.

Et elle quitte la chambre dans une aura de victoire, en promettant, sur un air de vague menace doucereuse, de repasser plus tard.

Lise, assise sur une chaise près de la porte, a les jambes coupées. La fenêtre sans horizon, la vieille femme ratatinée qu'elle reconnaît à peine, les petits coups de burin sur les dents maternelles. Les injonctions de François auxquelles elle ne parvient pas à se soustraire : « Ça ne peut pas continuer comme ça, ta mère te fait tourner en bourrique, elle est vraiment perdue, ta mère, elle est complètement déboussolée. »

Cette fois, oui, elle est vraiment déboussolée, sa mère.

Elle se lève pour secouer les fourmis qui lui ont envahi les jambes. Aujourd'hui des petits coups sur les dents, demain quoi, quand il n'y aura plus de témoin, que les siens auront franchi dans l'autre sens la porte de la résidence et quitté cet endroit pour rentrer chez eux ? Quand personne ne sera là pour dire « Je crois qu'elle n'a pas envie » ? Elle s'approche du tapis de Scrabble, qui lui non plus n'a pas bougé depuis leur dernière visite. Pas bougé, quoique… Tous les jetons sont étalés sur la table, en désordre, lettres tournées vers le plafond. Lise écarquille les yeux. Sur le tapis, FACOCHE est toujours en suspens. Mais croisé avec le O, incroyable mais vrai, un mot déposé dans l'ordre, imparfaitement aligné, mal orthographié mais qu'importe, elle ne va pas faire sa prof : HYPOCAMPE. A-t-il été placé par sa mère ? Elle ne voit pas le personnel, qui court du matin au soir, prendre le temps de peaufiner son lexique. L'image d'un petit poisson excentrique se profile dans son esprit. Et avec lui un vaste ciel de mer et d'embruns. C'est quelque chose, un mot pareil, quand on n'a plus toute sa tête. Elle sourit à travers ses larmes. Sa mère a triché. Au Scrabble on n'a droit qu'à une pioche de sept lettres.

D'un coup, elle se lève et se dirige d'un pas précipité vers la porte en tirant Hugo derrière elle. Elle n'en peut plus de cette atmosphère viciée. Elle n'en peut plus tout court. Elle franchit le grand portail, atteint le parking, démarre en trombe. Sa conduite est nerveuse, elle se faufile entre les camions, entend vaguement Hugo chantonner à l'arrière. Elle pense à sa mère dans les champs, aux petits coups de burin sur ses dents, *toc toc toc*, qui est là ? Elle pense aux derniers jours de son père, traité avec respect par des infirmières adorables qui se seraient pliées en quatre pour lui offrir un soupçon de confort. Elle pense à François, à ses colères, à Hugo qui rapetisse au son de la voix de son père. Elle pense encore à Juliette : « N'insistez pas. » Combien de fois faudrait-il dire cela : « N'insistez pas » ? Il suffirait peut-être de quelques « N'insistez pas » judicieusement placés, dans la vie, pour s'éviter bien des abîmes.

*

Lise s'est réveillée aux aurores. Elle s'est extirpée du lit en retenant son souffle, les ronflements de François lui raclant les oreilles. Elle a pris la plus grosse des valises et y a fourré un maximum de vêtements, tee-shirts, pantalons, chaussettes, pulls, slips, médicaments pour le petit. François a grogné dans son sommeil puis s'est soulevé sur un coude, le visage encore plissé par la nuit. Elle a réveillé Hugo, doucement, l'a embarqué dans la voiture sans prendre le temps de l'habiller. Elle a poussé la valise dans le coffre, François sur les talons qui maugréait qu'elle était devenue folle. Pas folle du tout, elle avait besoin d'air. « On irait à Saint-Jacut », avait dit Juliette. « Je te raconterais des histoires. » Depuis ça tourbillonnait dans sa tête, ça ne la lâchait pas. Quand donc était-ce, la dernière fois qu'elle avait écouté une histoire ? François continuait à bougonner, puis à supplier qu'ils l'attendent, les pantoufles à la main. Où allait-elle ? Quelle mouche l'avait piquée ? Lise a attaché sa ceinture, démarré le moteur. Un soulagement inconnu lui a dilaté les entrailles au moment de passer la troisième.

À la résidence, elle a simplement annoncé qu'elle emmenait sa mère en vacances. « Où, pour combien de temps ? » Elle n'a pas répondu. Où, ça ne les regardait pas, pour combien de temps, elle n'en savait rien. L'aide-soignante l'a regardée d'un air interloqué.

– À vos risques et périls, a-t-elle débité sur un ton pincé, votre maman n'est pas en très bon état. Et vous devrez nous signer une autorisation pour la laisser sortir.

Lise a pensé, c'est drôle, maintenant c'est moi qui dois signer sa permission de sortie. Au bord de la mer, au moins, il n'y aura que les cris des mouettes, le bruit des vagues, le rire des enfants.

– Je sais, a-t-elle répliqué. Je comprends.

Deux aides-soignantes ont empilé quelques affaires dans un sac et installé Juliette sur une chaise roulante. Hugo, malgré les protestations de sa mère, a saisi les poignées et s'est mis à pousser sa mémé. Un pas après l'autre il a traversé le corridor, calmement, les épaules redressées, plus grand soudain de quelques centimètres. Une dizaine de résidents relativement valides, curieux ou admiratifs, ont ponctué le hall d'entrée comme pour une haie d'honneur. La démarche d'Hugo n'autorisait aucun doute ; posément, il emmenait sa grand-mère loin de l'odeur de soupe et de cette chambre minuscule privée de vue sur les champs. Voyant son fils bien campé sur ses petites jambes, une pensée a traversé l'esprit de Lise : on se débrouillera. Et ça l'a fait sourire. Ils ont installé Juliette à l'arrière du véhicule et l'aide-soignante a claqué la portière. Assis à côté de sa grand-mère, Hugo lui a pris la main et chuchoté à l'oreille :

– À bas la purée, Mémé, on t'emmène à la mer.

*

Le soleil cherche à se frayer un chemin à l'angle des rues. Le Matin Nova, racheté par un jeune entrepreneur, a rouvert ses portes depuis quelques jours. Un miracle. Ce ne sera donc pas un resto de tacos, comme il l'avait annoncé à Juliette. Gilles entre, pas trop sûr d'en avoir le droit, jette un œil à la dérobée. La jolie serveuse n'est pas dans les parages. Commence-t-elle plus tard ? Apparemment, on ne prend plus les commandes au comptoir. Déçu, il s'assied à sa table habituelle même si personne, du coup, ne sait plus quelles sont ses habitudes. Il ouvre le journal pioché sur la pile des quotidiens déposés en libre-service et se met à le feuilleter en attendant qu'on vienne s'occuper de lui. Cappuccino, bien sûr, onctueux si possible. Un serveur un peu raide passe un coup d'éponge sur sa table en lui jetant à peine un regard. Gilles en profite néanmoins pour demander des nouvelles de celle qui l'appelait monsieur. Jolie, la petite trentaine, cheveux blonds rassemblés en une queue-de-cheval, la connaît-il ? Désolé, répond platement le garçon, ça ne lui dit rien, l'entièreté du staff vient d'être engagé par le nouveau patron.

Gilles lève les yeux vers la rue. Les klaxons des

voitures, les façades des immeubles, les passants anonymes. Une foule vide qui marche sans personne dedans, pas de Juliette, pas de Chloé, pas de serveuse, soudain les murs du café lui paraissent bien étroits. Au-delà de la fenêtre, l'horizon semble se contracter sous le poids des hautes vitrines qui masquent le soleil. Il replonge dans le journal en attendant sa boisson, il a un peu de mal à respirer. Tous ces gens, toutes ces vies qu'il observe de l'extérieur lui font soudain tourner la tête. Et la sienne, de vie ? Que va-t-il en faire, au fait, pendant le temps qui lui reste, de la sienne, de vie ?

Il pense à la maison du bord des champs. Vide, elle aussi, comme la foule indistincte qui passe sous ses yeux. Il pense à Juliette, pleine, au contraire, de tous ses fantômes, et son cœur se remplit de tendresse. Machinalement il glisse une main dans son vieux sac à dos et fouille entre les papiers, les quelques vêtements, la brosse à dents, une paire de chaussettes. Il cherche à tâtons, palpe le paquet, touche les tissus noués, et dedans, le petit hippocampe avec ses yeux entre deux mondes.

Qu'avait dit Juliette ? Qu'elle l'avait fabriqué face à la mer ?

Quelques jours auparavant, il est retourné à la maison du bord des champs, juste pour voir. Il n'y avait pas mis les pieds depuis des semaines. La maison semblait désertée, même les poules avaient quitté les lieux. Les volets étaient clos, les rideaux de la véranda tirés. Il n'y avait que le vent dans les herbes devenues hautes. Gilles s'est promené du jardin à la terrasse, hissé sur le bord d'un appui de fenêtre pour tenter d'apercevoir l'intérieur à travers les lattes des volets. Il a fait le tour de la bâtisse en passant la main sur la haie qui borde le jardin et s'est dirigé vers l'ancien four à pain. Il est entré, l'humidité l'a saisi. Il a fléchi le buste en avant pour éviter de se cogner au linteau et a plongé la main dans la jarre de terre cuite au pied de l'escabeau. Ses ongles ont gratté le fond poussiéreux et trouvé la clé. La porte de l'armoire a cédé sans difficulté. Le couffin de linges était toujours là, sur l'étagère du milieu. Il l'a extrait avec précaution de sa cachette et posé sur l'établi. Les tissus craquaient d'avoir séché trop longtemps. C'était bien lui, les petits poings serrés, les yeux comme des billes, les orteils minuscules. L'hippocampe de Juliette. Il a replié le berceau de fortune et l'a glissé sous sa veste. Et il est parti en titubant vers les champs, la créature de terre contre sa chair, lui le voleur de secrets, le dérobeur d'enfances.

Des souvenirs affluent, d'embruns et de sel. Chloé portée par le galop d'un cheval en Camargue, son chapeau Stetson beaucoup trop large enfoncé jusqu'aux yeux. Elle avait convaincu son père d'acheter la plus grande taille que proposait le magasin, pour pouvoir le garder toujours. Il se souvient, son chapeau de petit cow-boy qui s'envolait sous une rafale et lui qui courait après en se retenant de rire. Il se souvient, la mer à l'infini, loin des toits de la ville, loin des fausses lumières. Tiens, Juliette avait murmuré le nom d'une autre côte, dans ses rêves, balbutié des mots couleur d'émeraude et de corail, au nord, non loin de Saint-Malo.

*

Ils roulent depuis des heures. Après s'être arrêtés un moment pour pique-niquer sur une aire de repos, ils sont repartis, le paysage a changé, Hugo s'est endormi. Ils ne sont plus très loin.

Juliette regarde défiler la route à travers la fenêtre. Elle a cette sensation étrange qu'elle ne pourrait plus nommer, qu'elle ne cherche plus à saisir. Il y a l'éclat blanc du soleil sur le pare-brise, il y a Lise à l'avant qui semble connaître la destination, et Hugo endormi tout près d'elle. Elle a conscience de qui ils sont puis cela passe, elle oublie à nouveau, ce n'est rien, elle n'essaie plus. Elle ignore où va l'auto mais elle se laisse conduire dans une confiance qui vient rasséréner quelque chose de si ancien, c'est comme au temps de l'enfance, son père assis au volant les emmène à la mer, elle ignore tout des détails de l'itinéraire et cependant elle reconnaît la réverbération des nuages dans le ciel rosé, la couleur des herbes au bord de la chaussée. Les drôles de lumières hachurant la nuit que faisaient les lampadaires disséminés sur la bande centrale. De temps en temps Hugo pousse un soupir dans son sommeil, cela siffle un peu, un petit chuintement de merle au fond de la gorge, elle a eu si peur qu'il ne meure avant elle, mais non, ça ira, elle partira avant, c'est sûr, elle part déjà. Qu'est-ce qu'elle a bien fait de garder son petit secret tout au fond, le minuscule hippocampe qui, elle ne sait plus comment, a fait venir au monde cette merveille d'enfant. Elle lui caresse l'avant-bras et voit Lise sourire dans le rétroviseur, Lise qui a lâché ses cheveux et conduit fenêtre ouverte comme si elle avait besoin de respirer pour deux, Lise qui a mis de la musique, elle qui n'en mettait plus, et a troqué ses mocassins pour une paire de baskets. Et en effet, le vent qui s'engouffre dans l'habitacle semble balayer les soucis, il n'y a plus que la musique qui compte, la vitesse, les yeux de sa fille dans le rétroviseur et ce petit enfant blotti contre elle qui dans son sommeil apaisé semble dire : tout va bien, Mémé, tu verras, ne t'en fais plus.

*

Ils sont arrivés et Lise a installé Juliette face à la mer, au rez-de-chaussée d'une chambre d'hôtel, à deux pas de la pointe du Chevet. L'air frais et salé pénètre par la fenêtre avec le cri des mouettes et l'appel des vagues. Au-delà des rochers, les flots remplissent peu à peu la baie de Saint-Jacut. Le soleil a commencé son inexorable descente qui bientôt le fera rougeoyer jusqu'à mourir dans l'océan. Lise va et vient dans la pièce, range les quelques vêtements dans les armoires, remplit un verre d'eau. Hugo s'est assis sur le parquet clair aux pieds de sa grand-mère et observe les mouettes qui viennent se percher sur la rambarde. Elles tournent la tête par saccades, ricanent, reprennent leur envol, happées par la densité de l'air avant le crépuscule. Juliette n'a plus d'âge ou presque, ses mains ont lâché le tricot, elles ne se retiennent plus, ou peut-être juste à une étoile de mer, elles ne malaxent plus, ça y est, elles ont tout déposé. Elle regarde l'écume se fracasser au loin, et cette mer qui la hante, tout ce passé qui remue en elle. Hugo a approché une main de la sienne, elle glisse, vers où, vers quoi, elle serre la petite main si chaude, si vivante. C'est doux comme une promesse.

Il reste une petite chose à dire, une chose aussi petite qu'un grain de riz quand on y pense. Là, elle le tient sur le bout de la langue. Elle n'a plus besoin de se souvenir ; elle le sait de mémoire nue, et pour toujours. Dans cette pièce aux volets clos, dans les coins refoulés de sa mémoire, elle a demandé qu'on la laisse tranquille, elle a posé ses deux pieds par terre et, chancelante, elle a quitté cette maison dans les hauteurs sans se retourner. C'est plutôt une bonne nouvelle, à la lumière du soleil couchant, cet hippocampe qu'elle a tant chéri devenu cette jolie femme qui l'appelle Maman. Elle laisse enfin venir les éclats, cette couleur dans les yeux de Lise les jours d'orage, quand le ciel était chargé de teintes qu'elle reconnaissait aussitôt. Un sourire illumine brièvement son visage. Alors elle le dit, vite, avant que ça n'échappe encore, une phrase saisie au vol, elle l'attrape pour de bon, la décroche, elle la laisse sortir d'un coup, toute cette écume bouillonnante venue de loin.

– C'est ici que je t'ai faite. Avec Jean Meyer.

Puis elle repart dans son silence.

Lise s'arrête de plier les vêtements, un tee-shirt en suspens dans une main, l'autre qui flotte à hauteur de visage. A-t-elle bien entendu ? Jean Meyer ? Meyer, l'ancien associé de son grand-père ? Celui qui a quitté la ferme du bout des champs peu après sa naissance ? Les questions se bousculent, mais déjà quelque chose en elle se met à rouler, à s'enfoncer, à dégrafer des ligatures. Ainsi donc ces voyages que sa mère a évoqués parfois n'étaient pas que d'affaires. Un poids chute de la tête vers les pieds, chamboule l'ordre rigoureux qui la maintient si droite, lui dénoue la gorge au passage. Ses épaules se relâchent d'un cran. Tout son être, à vrai dire. Ces mots posés sur ce qu'elle pressentait et qui était enfoui dans sa chair, sous ses yeux, aux abords de sa mémoire, dans des bribes de voix et des éclairs de conscience, ces mots-fantômes dont elle ne savait pas l'existence mais connaissait la présence lui réajustent le corps, le décrispent. Ces mots qui ne voleront jamais rien à Félicien. On peut avoir plusieurs pères. Mais il faut le savoir.

Les mouettes se sont calmées, peut-être se reposent-elles après avoir saisi au vol les bouchées de pain sec lancées par quelques promeneurs. Au loin les rochers de la pointe du Chevet semblent s'avancer dans la mer. Les yeux de Juliette glissent lentement vers sa fille avant de se tourner de nouveau vers la mer. Ses mains tremblotent un peu, agrippées aux épaules d'Hugo toujours assis à ses pieds. Lise s'approche, se penche, et dépose un baiser sur une mèche blanche.

– Je savais, Maman. Je crois que je savais.

Et ce « Je savais » résonne aux oreilles de Juliette comme la plus belle musique au monde.

Bientôt elle s'en ira rejoindre la mer, cette marée qui monte en elle depuis toujours. Il défaisait ses cheveux dans le soir naissant. Les mains de Jean sur sa peau jeune. La boule orange au loin tombe dans la mer, quelque chose est en train de basculer, un regard profond aux reflets d'or la transperce, elle contemple encore, elle va se laisser aspirer jusqu'à ce que le soleil s'éteigne. L'eau monte et puis descend, les vagues vont et viennent, le passé s'enroule dans le présent, la petite main de l'enfant dans la sienne, les yeux dorés de Lise aspirés par l'horizon, ses yeux, ses yeux, c'est donc vrai, c'est fou comme elle a ses yeux.

*

Depuis le matin Gilles est resté scotché à son siège. Il a vidé toutes ses poches, a bu cinq cafés en l'espace de six heures. À l'inverse de ses habitudes, il compte les tours de cadran, puis les minutes, jusqu'à la fermeture. D'accord, bientôt ce sera l'heure, d'accord, il va se lever, il va sortir, et puis quoi ? Le même bazar, le même train-train, les itinéraires inchangés, la douche hebdomadaire au foyer de Marc, les pseudo-rendez-vous épiés au travers des fenêtres ? Dans son sac, lové contre son dos, l'hippocampe de Juliette dort toujours. Depuis l'aube il pense à ça, à ce nom d'émeraude, à cette côte lointaine que semble poursuivre un rêve. C'est étrange, cette intuition qui s'insinue dans ses pensées, cela faisait longtemps. Un appel d'air au-delà des routines, une soif d'inconnu. Voici le garçon, visage fermé, qui s'approche, il faut partir, monsieur… Ah, il dit monsieur, tout de même. L'instant d'après, il se retrouve dehors et aussitôt le rideau métallique descend, un bruit grinçant et familier, les tables disparaissent et les murs se referment. Alors quelque chose le saisit, qui réclame de lui qu'il fasse volte-face. Un élan indicible le pousse, quitter ses habitudes et ses tracés en rond, aller plus loin, au-delà des limites de la ville, au-delà des limites tout court. Intérieurement son regard se porte jusque-là, jusqu'au bleu de l'océan. Le long de vastes plages balayées par un vent fou. Il pourrait s'y rendre, en fait, pourquoi pas, il pourrait marcher, ça il peut le faire, quitter cette ville qu'il connaît comme sa poche, la route ne lui fait pas peur, il sait que le bitume est à même de nourrir un homme comme lui, qui n'a besoin que du minimum vital. Il se retourne, et doucement, d'un pas égal, s'éloigne. Quelques mètres, ses foulées s'allongent, adieu le café, mal servi de toute façon. S'il parvient là-bas, s'il atteint cette côte, il déposera le petit paquet sur le rivage ou au creux d'un rocher. Peut-être même qu'il dira une prière pendant que monte la marée. Il se rappelle certains mots, d'une lointaine enfance, sinon il en inventera d'autres. Des mots pour que Juliette retrouve son hippocampe, de l'autre côté des vagues, celui qui au fond n'a jamais disparu, et des mots pour la gamine aussi, celle dont la vie s'est arrêtée à cause de lui, et pour sa mère. Qui sait, après, peut-être qu'il poursuivra sa route. Plus loin, beaucoup plus loin, jusqu'en Camargue, là où le soleil brûle à midi jusqu'à blondir encore les cheveux de sa fille. Il la retrouvera, rien n'est impossible, ils prendront une photo tous les deux, derrière les dunes, au coucher du soleil. Elle n'aura plus honte. Il pourrait même se dégoter une cabane où vendre quelques pistaches au bord de la mer, il avait le sens des affaires, ça pourrait revenir. Peut-être ça, ou autre chose.

En tout cas il marche, voilà qu'il quitte la ville. La ligne au loin scintille. Il marche, il verra bien. Ses jambes lui font moins mal que d'habitude. Et c'est déjà beaucoup.

*

La lumière se reflète, immense, sur les galets. L'horizon clignote, mélange de gris, d'ocre et de bleu. Ils ont traversé le parking jusqu'au grand escalier qui mène des rochers vers la plage puis Hugo a lâché les poignées de la chaise roulante et a couru vers le sable. Pour une fois, Lise l'a laissé faire. Juliette observe l'étendue au-devant d'elle. La ligne au loin s'étire, l'eau dans le ciel et le soleil avec. Est-ce la mer qui s'approche ou la terre qui recule ? Elle le sent avancer, bientôt il recouvrira tout. Il vient. C'est le brouillard qui monte.

Sur la plage en contrebas, Hugo s'est baissé pour ramasser un galet. Il s'accroupit et creuse un trou à deux pas du rivage. La mer afflue, çà et là des flaques d'eau apparaissent déjà entre les petites dunes vallonnées.

– Regarde, Mémé, une tourelle !

Juliette tressaille, perdue entre les particules d'eau et les atomes de lumière. Elle fronce les sourcils en direction de son petit-fils qui remonte l'escalier, haletant. Il la rejoint et lui glisse le coquillage dans la main. Elle le serre dans sa paume, c'est chaud comme la plage et comme la main du petit.

– Tu sais, Mémé, les coquillages, ils racontent des secrets.

– Des secrets, mon chéri ?

– Tu vas voir. Mets-le comme ça. Il faut écouter dedans.

Juliette fait rouler la tourelle entre ses doigts. La plaque contre son oreille. Ferme les yeux. C'est plein de vent, plein de marées. C'est bien vrai qu'on entend la mer. Et d'autres choses aussi.

Elle observe l'enfant. Ces cheveux qui lui rappellent… qui déjà ? Celui-là dont elle ne sait plus le nom, puis un autre dont elle ne retrouve plus l'allure. Elle le regarde, lui, et au-delà de lui, les yeux déjà loin, déjà happés par l'océan, par le bleu sombre en avant d'elle, ils semblent dire, je m'en vais, petit, tu le sais bien, n'est-ce pas, que je m'éloigne, je ne vais plus rester longtemps. Là où je vais je ne t'oublierai pas. Je n'oublierai personne. J'emporte tout, jamais je ne changerai le chemin qui a mené à toi, jusqu'à ton beau visage. Elle place la tourelle sur l'oreille de l'enfant. Écoute ce que dit la mer. Un jour elle te racontera.

Elle cherche le regard de sa fille, qui acquiesce, un infime battement de cils, un arc tendu entre les deux femmes.

Ils pourraient rester, songe Lise. Quelques jours, quelques semaines. Demeurer là où tout a commencé. « C'est ici que je t'ai faite. » Laisser Hugo s'imprégner d'iode. C'est l'été, les vacances vont durer deux mois, aucun élève ne l'attend à l'école. L'air est chargé d'embruns. Le soleil dessinait-il le même éclat sur la peau de sa mère, des décennies plus tôt, sur leurs doigts entrelacés ? Elle imagine une route semée de frôlements et de baisers. Celui qui l'accompagnait la regardait-il avec tendresse ? S'est-elle sentie chavirer sous son étreinte ?

À quelques mètres, Hugo, les bras en croix, lutte en jouant contre le vent, l'anorak gonflé comme une toile de parachute. Le brun profond d'une mèche de cheveux chatoie sous le soleil. Son fils ressemble-t-il à cet homme qu'elle n'a pas connu ? Un peu, beaucoup, passionnément ? Que s'est-il imprimé de lui sur son visage ? Mais le gamin éclate de rire, bousculé par une rafale, et dans son rire voilà le rire de Félicien, une cascade à la fois grave et légère, un rire fait de mille fragments. Lise ressent soudain cet espace entre les atomes, entre les grains de sable, l'écart, la danse de l'univers, et voilà qu'elle respire mieux, au contact de cet ailleurs qui l'habitait et qu'elle ne pouvait pas nommer. Même sans contours précis, ce trou noir vient palpiter comme un souffle, une liberté nouvelle. L'angle mort n'est plus mort. Lentement, elle ôte ses baskets, remue les orteils, les enfonce dans le sable, une terre meuble et fragile contre ses pieds nus. Une plage d'origine à défaut d'un visage. Sa place est ici, près de sa mère et de son fils, à l'endroit même où une étoile filante, des années plus tôt, est venue animer une petite comète nichée dans des entrailles amoureuses, et qui a modelé son corps, sa vie à elle.

L'eau à présent se creuse un chemin entre les bancs de sable et les formations rocheuses, comblant peu à peu l'immense étendue. La mer a envahi la plage, les vagues viennent lécher l'escalier de bois. Juliette sursaute au cri d'une mouette. Lise lui prend la main. Tous trois se tournent encore une fois vers le large, l'aînée sourit, les doigts serrés autour du coquillage. Il est temps de rentrer.

Épilogue

Non loin de là, une petite statuette danse au milieu des vagues. Un homme calme et bon, celui qui garde le phare, l'a déposée sur la plage à la limite du sable mouillé, et puis la mer l'a emportée. Sa haute silhouette se dresse à contre-jour au sommet de la tour. Les épaules un rien voûtées, Gilles observe le large.

La nuit va bientôt tomber, la mer se diluer dans le ciel d'encre. La figurine d'argile va disparaître dans les flots, les lumières baliser le rivage, et lui, debout derrière les grandes vitres, un café à la main, il continuera de veiller.

Il a beaucoup marché pour arriver là. Il a traversé des plaines, des vallées, des ponts. Il a parcouru des kilomètres, à pied, en stop, assis à l'arrière d'un camion et même sur un vélo abandonné au bord d'une nationale. Il a roulé sa bosse de hameau en bourgade, dormi sous des porches, sur des bancs, dans des kiosques, mangé ce qu'il trouvait jusqu'à atteindre ce rivage, face au bleu infini. Il a repéré le panneau planté au pied du phare fièrement dressé sous le ciel d'azur. « Cherche gardien. Débrouillard, solitaire, bricoleur. » Il a posé son sac à dos rempli de quelques vêtements, d'une brosse à dents, de vieux journaux froissés, et il s'est présenté pour ne plus repartir.

Il a conscience qu'il ne peut pas changer le cours des choses. Ce qui est fait est fait. Les souvenirs s'enroulent dans le fracas des vagues, se posent entre ciel et mer puis, blanchis par l'écume, scintillent sur les eaux.

De nos jours, quand vient le crépuscule, les phares s'allument tout seuls le long des côtes. La plupart des gardiens sont à la retraite. Il faut bien malgré tout prendre soin de ces géants de pierre. Gilles est devenu l'un d'entre eux. Les habitants des environs se sont habitués à cette présence tranquille qui veille sur les pêcheurs, sur les promeneurs, sur les goélands. La mer ici ne fait pas de cadeau. Souvent on voit la marée qui galope et prend d'assaut la plage. Alors il se tient là, au-dessus du ressac. Il surveille le littoral, actionne la sirène de brume pour avertir les bateaux. Il connaît le calendrier des marées par cœur. La porte du phare est toujours ouverte, ça commence à se savoir. Certains s'aventurent sur les rochers qui mènent à la tour, au-delà de la maison qui borde la falaise. Le bruit court qu'il accueille l'hôte de passage, lui sert un café, l'emmène au sommet, vers la coupole de verre. Il n'est pas du genre à poser de questions, ni à demander quoi que ce soit, d'ailleurs. Simplement il s'assied à une petite table, face à un tapis de Scrabble, et les yeux posés sur l'horizon il fait rouler les lettres entre ses doigts en laissant les secrets sortir du silence.

Et puis un jour, dans la brume légère du matin, Gilles voit se profiler la silhouette d'une jeune femme escaladant les rochers. Une chevelure blonde dans les vapeurs du soleil naissant. Il allonge le cou, cligne des yeux. Une avalanche de boucles s'échappe d'un vieux chapeau Stetson, des lunettes fumées, un jean moulant, des chaussures de montagne qui crapahutent maintenant entre les plis des dunes. Nom d'un petit bonhomme. C'est bien elle.

Remerciements

Je tiens à exprimer ma gratitude à Anna Pavlowitch et à Jean Mouttapa, qui ont cru aux prémices de ce texte.

Un merci tout particulier à Marie Alstadt dont le regard nuancé en a accompagné patiemment les métamorphoses.

Merci enfin aux Gilles et Juliette de ce monde, qui par leurs doutes et leur vulnérabilité nous rappellent que nos vies imparfaites valent leur pesant d'or.

DE LA MÊME AUTRICE

VOYAGE AU BORD DU VIDE, Desclée de Brouwer, 2009, réédition augmentée 2015.

SCHIZOPHRÉNIE, CONSCIENCE DE SOI, INTERSUBJECTIVITÉ (avec Jérôme Englebert), essai de psychopathologie phénoménologique, De Boeck Supérieur, 2017.

IL FAIT BLEU SOUS LES TOMBES, Albin Michel, 2020.

L'écriture de cet ouvrage a été soutenue
par le Service de la promotion des Lettres
de la Fédération Wallonie-Bruxelles.

Retrouvez toute l'actualité des éditions Albin Michel
sur notre site albin-michel.fr
et suivez-nous sur les réseaux sociaux.
Instagram : editionsalbinmichel
Facebook : Éditions Albin Michel
X : AlbinMichel
YouTube : Editions Albin Michel

Composition : IGS-CP
Impression : CPI Bussière en septembre 2024 Éditions Albin Michel
22, rue Huyghens, 75014 Paris
www.albin-michel.fr
ISBN : 978-2-226-48804-6
N° d'édition : 25634/01 – N° d'impression : 2079981
Dépôt légal : octobre 2024
Imprimé en France